逆風寫手

改寫公司的每一天

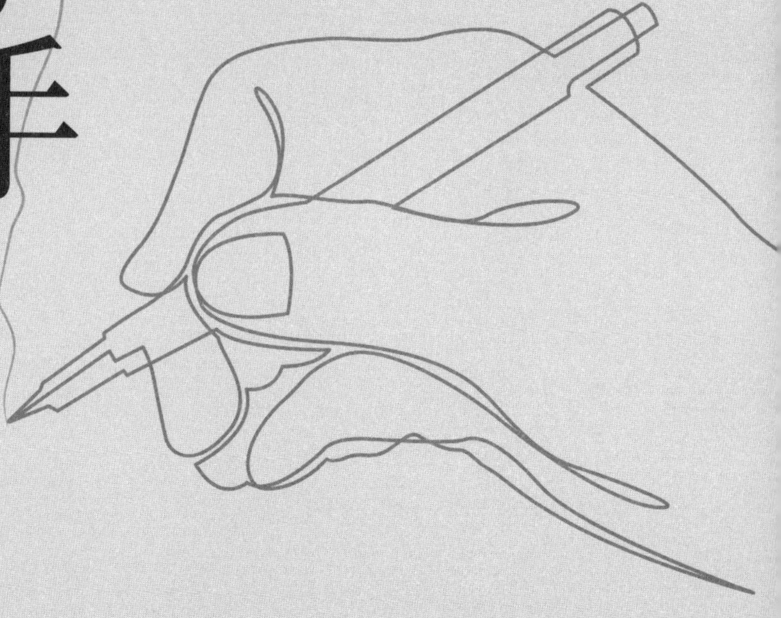

朱野歸子／著
楊明綺／譯

目次

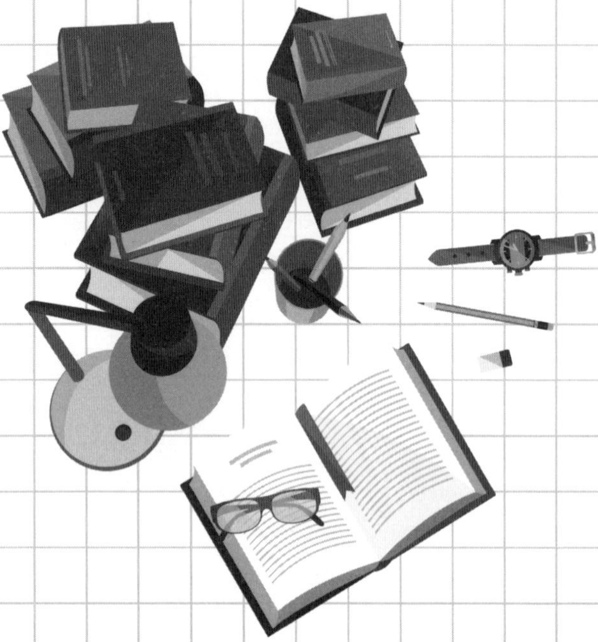

第一話

不過是寫一封公司內部郵件，

我卻……

相較於樓層西側宛如石頭般靜默的總務部，東側的業務部總是鬧哄哄，不時響起這樣的聲音：「最上製粉，您好。」「接一下電話！」「誰快接一下電話啊！聽到沒？算了。我來！紙屋這混蛋！」

這個叫紙屋的混蛋就是我。

幫業務部接電話可不是總務部的工作，不過這層樓的大多數人覺得我也只能做這種工作。現在的我無法接電話，也寫不出東西，只是痛苦地望著電腦螢幕。不過是發一封通知預防接種的公司內部電子郵件……竟然讓人如此傷腦筋。

我想起榮倉小姐罵我的那句「坐領乾薪的傢伙」，汗水不自覺地滲至耳後。

——紙屋先生絕對勸說不了那些死性不改的大叔們。

當時的我無法反駁。

可是，我無論如何都想透過這封郵件，說動業務部那些中年社員去接種流感疫苗。

……劈頭就提這種事，真的很抱歉。什麼社內郵件啊、預防接種的，還真是雞毛蒜皮的小事啊！自己寫起來都這麼覺得。

但這件事可是做什麼都不行的我，和精明幹練的榮倉小姐之間，決定「誰才最適合書寫這間公司」這場戰爭的導火線。

還請稍微耐著性子看完，應該很有趣。……大概吧。

我出生時，是個體重二千八百二十公克的男寶寶。父親是氣象預報員，也是演藝人員，母親則是料理研究家。大我五歲的哥哥在沙烏地阿拉伯工作，負責蓋給富豪們住的摩天大樓建案。而做了十年約聘人員、今年春天剛滿三十二歲的我，總算成為一間算是中小企業製粉公司的正式員工。

如何？

我不是想吹噓我的家世，只是我的人生除了家人以外，再沒有其他可以加分的事。拜父母與兄長的顯赫經歷之賜，我才稍微有些存在感。總之，這就是我。唉，沒辦法。誰叫在這人口不斷增加的地球舞臺上，光是我們家就有三位人生勝利組，所以至少我得活得黯淡一點，才能與家人保持微妙的平衡關係。

無奈好像只有我有這樣的領悟。

今年新年，回國過年的哥哥在說出「我們家要有老三囉」這般為少子化的日本帶來希望的喜訊之後，隨即冒失地問了我可算是現代社會一大弊病的問題：「年過三十還在當約聘人員，這樣行嗎？」只見父親馬上轉移視線，母親則牽著長孫走向庭院，大嫂也說要哄二兒子睡覺、走進和室。其實我早在決定露面之前，就想好因應對策了。

「我不可能成為正式員工啦！」我說。

但是為了工作一直努力和遙遠異國政府交涉、周旋於政府高官之間、搞定檯面下各種瑣事，早已練就一副「就算被人拉進停在路邊的車子裡要脅也能悍然拒絕」本事的哥哥，卻目光炯炯地盯著我，說道：

「你好歹也有個長處吧？啊！對了。記得你國一時，參加區公所舉辦的讀書心得比賽拿到佳作，不是嗎？」

幹嘛提這檔事啊？

「那時，我還想說我們家總算出了個文人呢！我啊，超討厭上作文課，才不想看那種無聊到爆的課外讀物。」

我家的人確實不喜歡閱讀。父親一整天都在看氣象雷達，完全不碰書；母親雖然出版過幾本食譜，卻是請人代筆的。

不過，這個區公所辦的比賽也沒什麼大不了。那年選出一篇最優秀的作品，第二名有十篇，佳作則有上百篇。

「但至少老師推薦了你的讀書心得去參加比賽啊！」

哥哥忘了。老師把所有學生寫的讀書心得都送出去參賽了。

「不管再怎麼微不足道，只要有一項長處就能在公司立足。」

哥哥還是很堅持他的想法。

我只好來到位於虎之門的某棟大樓，造訪他朋友開設的人力資源管理顧問公司。果不其然，對方一副頗傷腦筋的樣子。

「你沒有正職經歷，是吧？呃……也沒有駕照。」

「我上過駕訓班，但車子一開上路腦子就一團亂……」

「也是啦！的確有人會這樣。」

仲介轉了轉眼珠，不停轉著手上的筆。

「不過，畢竟是你哥介紹的，不好意思不幫忙啊！」

「對了。我喜歡閱讀，也蠻會寫東西的。」

我試著這麼說。

來到這裡時我才想起一件事，那篇得到佳作的讀書心得，讓我後來成為國中畢業典禮上代表畢業生致答詞的候補人選。明明還沒決定人選是誰的某個晚上，我就把事先寫好的講稿拿給班導過目。沒想到教職員會議結束後，決定由植木同學和另一位女同學代表畢業生致詞。植木推甄上了學區內分數最高的明星高中，而且國中生活奉獻給橄欖球的他，有著宛如山稜線般曲線優美的背部。班導當時是這麼說的：

——你看到那麼多人會怯場吧？不過，如果你願意的話，可以用你寫的這篇當講稿嗎？植木的作文成績不太好，應該寫不出這種講稿吧。

畢業典禮當天，植木同學挺直背脊代表畢業生致詞。我坐在畢業生位子上看著女同學們出神聆聽他的聲音。體育館冷得讓人直打哆嗦，我抓著鐵管椅，手指凍到抖個不停。

「公司不講求什麼寫作能力啦！況且商業文書都有一定的範本，用範本溝通比較有效率。」

仲介的聲音將我從回憶拉回諮詢室。

「公司要求的是溝通能力，就像你哥那樣囉。」

我要是有這種能力，一畢業早就有工作了。

「反正你哥就是那種人見人愛型的囉。你們兄弟倆還真是完全不像呢！」

其實我有努力過，還請哥哥幫我練習面試。但一被對方問道「你進來後，能對公司有什麼貢獻？」，我就詞窮了。

我什麼都不會。才打了一個禮拜的工，就因為什麼都做不好而被炒魷魚。所以別說是貢獻了，我是個很有可能會扯團隊後腿的人……。我隱藏著這樣的真心話，只能欺騙對方，強調自己是個「積極做事，認真學習的人」。

仲介與搜尋畫面搏鬥好一陣子之後說：「我能幫忙介紹的，就只有這裡吧。」他讓我看了應徵條件。

「最上製粉股份有限公司。」

是一間頗具歷史的老牌公司。主要業務是批發精製麵粉給食品公司，約二百名員工。招募的職缺是總務部正職職員，上頭寫著年薪四百二十萬日圓，員工福利完善。

「條件這麼好的公司……應該有不少優秀的人應徵吧？」

「這個嘛，因為這家公司有自己的工廠，週六早上也要上班，現在很少有公司這樣囉。光是這一點就讓人有點猶豫、打退堂鼓吧。對方也明白這一點，所以拜託我們盡量幫忙介紹，你就姑且應徵看看，如何？」

對方露出「這樣就能還你哥人情」的表情。

「就你的學經歷來看，也不是完全沒希望吧。況且你不是很會寫東西嗎？光憑履歷表就讓對方印象深刻，如何？哈哈哈！」

我默默地看著應徵條件，忽然靈光一閃。

一直以來，我都是按照制式寫法書寫履歷表，也覺得理所當然，從沒想過要認真寫好這個東西，或許我能跳脫框架、寫出一份漂亮的履歷表也說不定。

〈對方給了我很不錯的建議。〉

面談結束後，我發了一封郵件給哥哥，告訴他面談的經過，也收到了他的回信：

〈想讓別人留下深刻印象，就要拿出熱情與誠意，讓對方瞧瞧你有多積極爭取這份工作！〉

這番話還真是戳中要害。雖然最上製粉開出來的條件頗為誘人，但我對於製粉業絲毫不感興趣，每天都在做麵粉……感覺很無趣，怎麼可能對這工作產生熱情？

我試著上網查了一下最上製粉這間公司，無奈查不出個所以然，因為他們製作的商品不是販售給一般消費者，所以查不到公司的相關資料。一般遇到這種情形時，大家都會請教學長姐，看看能不能問到什麼情資。至於我，當然沒有可以請教的對象，為什麼呢？因為我很怕那種拿著社團宣傳單、熱情搭訕新生的學長姐，所以從沒參加過任何社團。

好洩氣啊！放棄應徵吧。只要跟哥哥說「對方沒有幫忙介紹」就行了。就在我打算關掉搜尋畫面時，突然被一排字吸引。

《最上製粉　一路走來充滿感謝的六十五年》

這排字出自二手書店的目錄，所以這是社史——講述公司的歷史嗎？

這個我在官網記載的公司沿革裡曾經看過。

創辦人最上滿輝於昭和二十五年建立工廠，第二代最上良輝擴大工廠規模，第三代最上輝一郎將總公司遷至東京……。不到十行的公司歷史。

不過，化為紙本書的社史倒是有二百頁，家族經營的中小企業居然能傳承這麼久。社史這種東西就是為了紀念什麼而印刷個幾百本，送給眾親好友、相關人士，沒送出去的就堆在倉庫積灰塵，充其量只是印給自己人看的出版品，何況員工還不見得會看呢！

不行、不行。這家公司不行。躺在床上的我翻來覆去。

悲觀看待我的未來的，是爸媽和哥哥，不是我。

可是我呆望天花板一會兒後，心想嫂子八成也覺得我的存在是個負擔吧。「工作飯碗可能隨時不保，存款少得可憐。不善與人交際的小叔要是活很久的話，我的小孩不就得照顧他的老後生活嗎？」面容溫柔的嫂子也許暗暗擔心著。

我起身。

點進去二手書店的網站，花了兩千日圓買了那本《最上製粉　一路走來充滿感謝的六十五年》。

看來只能讓對方見識一下我不同於別人的熱情與誠意。我喜歡做的事情只有兩件，那就是閱讀和寫作。喜歡到連老師指定看的課外讀物都讀得津津有味，就算別人要我幫忙寫畢業生致答詞，我也很樂意。

兩天後，我下班回家時，發現有個又重又大的咖啡色信封塞進我家信箱。我盤腿坐在床上，翻開印著《最上製粉　一路走來充滿感謝的六十五年》這排燙金字體的布質封面。

冷不防躍入眼簾的是工廠照片，一整排水藍色倉庫，還有身穿白色工作服的工人們。這工作感覺好無趣喔！這麼想的我開始翻閱內文。

最上製粉的歷史，是從戰爭結束後，自南方出征歸來的最上滿輝回到化為一片焦土的故鄉開始。那時，他注意到的事情是——。

我就這樣不斷翻閱，兩百頁不知不覺間就從左邊移至右邊，渾然忘我地看到書末的「後記」，還用毛毯擦了一下眼睛。

轉眼間已經早上了。我挨著放在床旁的矮桌，開始寫起履歷表。最上製粉這間公司還真是有趣。記得我也是抱著這種心情，一口氣寫完那篇得到佳作的讀書心得，彷彿想將這般比想像中還有趣的心情傳達給誰似的振筆疾書。

我將寫好的履歷表裝進信封、寄給人力資源管理顧問公司的仲介時，已經是正午時分了。鬆了一口氣的我看著手機，發現有三十一通未接來電。慘了，忘記上班這回事了。我趕緊打電話給派遣公司。「又睡過頭嗎？」電話那頭傳來公司職員的冷漠回應，還說不會再介紹工作給我了。

我做了無可挽回的蠢事，忘情讀著根本不可能會被錄用的公司的歷史，結果丟了飯碗。我將社史塞進書架角落。本想減輕家人負擔的我，反倒成了紙屋家譜上最沉重的包袱，給家人的未來蒙上陰影。

三天後，仲介打電話給我時，我正在翻閱從圖書館借來的《完全自殺手冊》。果然服毒是最不會給別人添麻煩的自殺方法，但照著二十幾年前出版的書上所寫的方法，真的能順利取得藥物嗎？

「別太驚訝喔！你通過書面審核了。」仲介說。

「通過？」

怎麼可能？《完全自殺手冊》啪地一聲掉在一旁。

「……怎麼可能？是我的應徵動機寫得很好嗎？難不成看社史真的有用？」

「社史？應徵動機看起來沒那麼特別啦！好像還是沒什麼人應徵的樣子，所以只要有丟履歷就有面試機會吧。」

「蛤？面試……」

果然還是避不了這一關嗎？我的心情瞬間一沉，發了封郵件給哥哥。

〈有沒有什麼可以避開面試的方法啊？〉

〈不能不去面試啦！放心，就算面試沒過，至少你現在還有工作。〉

其實這份工作也丟了。但我說不出口。

我只好領出僅剩的存款，去「優衣庫」買了一件新襯衫。本來想找哥哥練習面試，想想只會更緊張，還是算了。

我第一次遇見榮倉小姐這位同事，是在剛抵達最上製粉總公司沒多久的時候。

「我是研發部的榮倉。因為總務部人手不足，由我負責帶你去面試會場。」

容我說明一下，「榮倉」並不是真名。

順帶一提，我的名字，還有出現在書中的所有人名都不是真名，就連最上製粉這個公司名稱也是捏造的，一切都是因為榮倉小姐非常害怕「身分曝光」。畢竟我打算在網路上公開這故事，所以為了避免造成當事人的困擾，會盡量不提及關於她的容貌等比較個人隱私的部分。

我先注意到的是她的手。她用那從襯衫袖子探出來、感覺柔軟細緻的手指著電梯。為什麼先注意到手呢？明明那張臉長得也很好看啊！我邊這麼思忖著，邊走進電梯。

「好痛！」

榮倉小姐被電梯門夾到，都怪先走進電梯的我反射性地按下「關」。慘了。我是那種很容易分心、注意力渙散的傢伙。只見榮倉小姐用詫異的眼神瞅著我。

位於東京的總公司並不大，只租了兩層樓當作辦公室而已。因為工廠等主要製造部門是在近鐵那邊，這裡只是聯絡的窗口而已。一樓是研發部，二樓硬是塞進社長室、總務部與業務部。

榮倉小姐敲了敲會議室的門，隨即從裡頭傳來一句「請進」。

會議室的桌子後方坐著三位陌生大叔，沒想到面試官的陣仗這麼大。被提醒「關門」的我，趕緊砰地一聲用力關門。慘了，我又闖禍了。

「紙屋先生，放輕鬆，先坐下來吧。」

站在會議室一隅的男人這麼說。他是我日後的頂頭上司，栗丸先生。我照他說的準備就坐時，包包的背帶卻勾到椅子，結果一拉，椅子以討人厭的角度傾倒。總之，我記不得後來的情形如何。

當我步出會議室，發現襯衫貼著背部濕成一片。就在我等電梯時，榮倉小姐追過來，將忘在會議室裡的包包遞給我。

「紙屋先生，辛苦了。」她說。

我飛也似的逃回住處，連打開《完全自殺手冊》的力氣都沒有。就像出門買衣服前首先得有衣服穿，自殺也是需要動力的。

兩天後的中午，無所事事、只好睡大頭覺的我，被來電聲吵醒。

「紙屋先生，這是哪門子的miracle（奇蹟）啊!?你要接受最後一關的面試了！」

「mill？」

如果沒記錯，這應該是磨粉用的機器。拜讀社史讀得太認真之賜，現在我滿腦子都是製粉業界的專業術語。

「你要進入最上製粉的最後一關面試了。聽說是由社長親自面試。」

我從被窩彈起。

「社長……難不成是輝一郎？」

從汗濕的背部傳出我劇烈的心跳聲。

「應該是三年前，三十二歲就接掌公司的第三代傳人吧？」

翻開《最上製粉　一路走來充滿感謝的六十五年》的封面，瞧見扉頁插圖印著創辦人一家的照片。年老的滿輝身旁是兒子良輝，良輝的前面站著孫子輝一郎，一臉快哭出來的他抓著母親的碎花裙襬。

我能見到輝一郎……這個長大後的公子哥？

掛斷電話後，我開啟最上製粉的官網、望著社長的近照。只能說看完社史的前後感觸截然不同，現在一想到能見到社史上的重要人物，我就覺得好興奮，心情飄飄然的。沒多想自己為何能過關的我，再次踏進東京總公司。

這次也是由榮倉小姐出面接待。我一走進會議室，不禁偷偷在心裡驚呼。

（真的是本人！）

當我小心翼翼地坐下時，正在看履歷表的輝一郎抬起頭，說道：

「我想問問你在履歷表上寫的應徵動機。」

輝一郎打量似的看著我。我才想起這是最後一關面試，喉嚨深處彷彿抽筋般緊縮著。

「你對於『帶給心靈與身體營養』這句社訓很有共鳴，是吧？不過，這已經是很久以前的社訓了。你知道我們三十年前就改了社訓嗎？」

「咦？啊、是的，可是，那個……」

感覺自己的聲音愈來愈聽不清楚。

「連我們公司的年輕同仁大概也不曉得這麼久以前的社訓。你是從哪裡得知的呢？」

「那個……我是看《最上製粉　一路走來充滿感謝的六十五年》……」

輝一郎瞇起眼，說了句：「喔，原來是那個啊！」

「看了那本社史會覺得這間公司很棒，對吧？創辦人和第二代傳人確實很受員工愛戴，不過那已經是很久以前的事了。紙屋先生，你覺得我的經營理念如何？」

「咦⁉」

我一時語塞。那本社史是從第二代傳人良輝的喪禮結束後開始編纂，周年忌時印製、分送給眾親好友，所以書裡幾乎沒有關於輝一郎的記述。社史只記載原本任職於某大型銀行的輝一郎突然辭去工作，三十二歲那年接掌家族事業。

汗水讓頸後一帶變得好冷。到此為止，一切都結束了。我緊握著手。

「那、那個，三年前，前任社長因病驟逝時，社長您才三十二歲……」

這是我看完社史時的感觸，此刻只吐得出這幾句話。

「年紀輕輕就要肩負這麼沉重的擔子……那個……」

吞吞吐吐的我，想起社史扉頁上的那張照片，最上家族的身邊圍繞著神情嚴肅、身穿金屬色西裝的公司重要幹部們。如此年輕的社長，必須擔負這些一起撐起最上家族事業的員工們的生計。

而且現在他還得職掌決定是否雇用我的生殺大權。

只見輝一郎輕嘆一口氣，說道：

「可以說，我不費吹灰之力就坐上社長這個位子。」

「不、我今年也跟您當年一樣三十二歲了，卻連自己都顧不好，還處處麻煩家人，真不明白一路走來的人生到底在幹嘛……」

看完社史時，我想到哥哥。他打從一出生就活得很光采，但或許並非如此；為了守護紙屋家，他必須更努力才行，還得連早早就放棄人生的弟弟該負的責任也一肩挑起。

有個面紙盒滑到我面前，原來是輝一郎推過來的。

「辛苦了。」他說。

我抽了好幾張面紙，因為忍不住落淚，所以這場面試在擤鼻涕聲中結束。我步出會議室時，榮倉小姐對我說：

「這是一點心意。」

她遞給我一個白色小紙袋。好輕喔！可是放在手掌上時，感受得到紙袋裡頭的東西很紮實。

「這是用法國進口的麵粉試做的餅乾。」

我回到租屋處，這才察覺自己什麼都還沒吃，遂咬了一口餅乾。

哥，抱歉。兩個侄子，對不起。還有那個還不知道性別的老三，對不起。

我邊吸鼻涕，邊啃餅乾，麵糊在舌頭上漸漸融化，微甜的口感讓我想起最上製粉的那句古早社訓——「帶給心靈與身體營養」。

從戰地歸來的創辦人最上滿輝，看到的是深受飢餓所苦、遲遲無法從敗戰打擊中重新振作的日本人。面對當時因前所未有的飢荒而餓死一千萬人的慘況，滿輝認為「美味的東西能帶給心靈與身體滿滿的活力」，於是他不顧家人反對，砸錢在近畿地區的近海處建造了製作麵粉的工廠。

我一邊啃著餅乾，一邊心想：「還是打消自殺念頭吧。」

三天後，約聘人員的最後一筆薪資匯入帳戶，我身上也只剩這一點錢了。於是，我決定搬回老家住。雖然爸媽嘴上說「知道了」，但電話那頭的聲音聽起來很不安。就在我笨手笨腳地用封箱膠帶封住紙箱時，手機響起。

是那個人力資源管理顧問公司的仲介打來的。

「你被錄取了。」

對方的口氣聽起來頗不情願。

「蛤？真的嗎？」

封箱膠帶砸中我的腳趾。好痛！這不是夢。

「是真的啦！應該是看中你的什麼優點吧。你覺得呢？」

我也不知道。總之，趕緊把這個消息告訴哥哥。

〈先別想自己的什麼優點被看中啦！反正被錄取就算打了勝仗。老媽這下子也能安心了。〉

這回答還真符合哥哥的作風。聽說他也要開始忙那件摩天大樓的建設案了。

那天傍晚，我收到來自最上製粉總務部栗丸先生的郵件。第一次面試時，他也在場。這封郵件是提醒我去公司報到以前，必須先做健檢。

為什麼錄用我呢？我就這樣一頭霧水地迎接上班日。

最上製粉的總務部人員大多在近畿那邊的工廠。相對於此，只有四十名員工的東京總公司，栗丸先生一個人就能搞定。栗丸先生負責總務部的所有大小事，而我是在他底下打雜的小角色。

「我早就知道紙屋先生無法成為總務部的戰力。」

我進公司一個禮拜後，栗丸先生對我這麼說。

足足花了半天才學會操作影印機的我，沮喪到不行，一邊扔掉一大堆印錯的紙，一邊問：

「請問……既然如此，為什麼還要錄用我呢？」

雖然哥哥叫我別想這種事，但我還是很在意。

栗丸先生用下巴指了指位於東側的業務部，我瞧見那裡坐著長得很像猛禽類的大叔。

「面試時，業務部的渡邊代理部長和常務讓你過關，專務和我反對，所以成敗落在最後一關的面試。不知為什麼，社長也同意錄用你。」

「為什麼社長會錄用我？」

栗丸先生一邊將金屬框眼鏡往上推，一邊口氣淡然地說：

「我也不知道。不過既然如此，也只能接受你。」

栗丸先生所言不假。就連去銀行換錢這種簡單的工作，他都會交代得非常仔細，深怕我出了什麼紕漏。縱然如此，我還是不斷出錯，像是讓透明文件匣被碎紙機啃咬並且卡住、不小心刪除重要文件的內容後還按到存檔、忘了五分鐘前上司交辦的事項也弄丟記錄的字條、同樣的事情一問再問……等等。

即便如此，栗丸先生還是沒發火，因為他對我不抱任何期待，也就不會失望。天底下還有比他更好的上司嗎？基本上，我只是一一拔掉訂錯的訂書針，就能拿到薪水。

當然，也有人看我很不順眼。

「紙屋！」

渡邉先生每天都走過來斥責我。

「我們部門沒人時，你要幫忙接電話啊！只要問對方是哪家公司、姓名、電話就行啦！」

雖然聽起來好像很簡單，可是打到業務部的電話，通常像「我這裡是喵喵團膳中心啦！」這樣告知廠商名稱之後，就是一連串快得像土石流的話語。「明天早上送炸粉過來！」我根本來不及反問，隨即被掛電話。如實轉達給渡邉先生之後……

「哪一家團膳中心？」

渡邉先生抖著腿問道。

「是要口感鬆軟一點，還是酥脆一點的炸粉？蛤？不知道？你這樣辦事行嗎？明天早上要是沒給客戶送去，可就吃不完兜著走啦！」

渡邉先生目光如炬地瞅著我，看不下去的栗丸先生出聲緩頰。

「要總務部的人幫忙接業務部的電話，本來就說不過去。」

「也是啦！栗丸先生從來不幫忙接電話。我們可是不分寒暑，每天在外面跑業務，你只要舒服地待在辦公室就行了。」

「要不是我待在辦公室，連空調也沒辦法正常運作吧。」

只見渡邊先生對著正回座位的栗丸先生的背影說：

「哼！難不成是你騎自行車發電的嗎？……喂、笑什麼笑啊？」

我想說這時應該笑一笑化解尷尬，看來是我誤判情勢。

「我看你這小子根本就沒有掏心服務客戶的熱忱。決定了！我要好好教育你！今晚跟我去喝一杯。」

下班後，渡邊先生對栗丸先生語帶嘲諷地說：「借一下你們家的新人喔！」然後帶我去附近的一間小居酒屋。貼在牆上的菜單不但被香菸燻得泛黃，連膠帶也泛黃了，一副隨時會剝落的樣子。不過老闆娘倒是很親切。

性急的渡邊先生一邊用濕巾擦手一邊說：

「紙屋，你還沒拿到薪水吧？今天我請客。」

跟著渡邊先生一起來的業務部大叔們，一臉好奇地問：「紙屋平常都是和誰一起喝酒啊？」

「我從來沒和別人喝過。」

因為根本沒人會找我喝一杯。

「哇！你有社交障礙啊!?現在很流行這種病喔！」

有位大叔脫口而出他從女兒那裡聽來的年輕人用語。

「流行個鬼啊！不和別人去喝一杯，怎麼工作啊！」

渡邊先生垂著頭，他那高挺的鼻子碰到桌面。

「我真的對紙屋很失望……。要是那時不讓他過關就好了。」

「是誰叫渡邊先生當面試官的啊？」大叔們笑著問。

「常務吧。他要和專務對槓。」有人把酒瓶遞給我。

「也是啦！要不是請出像渡邊先生這種問題兒童，哪能對槓啊！」還有人遞夾子給我。

「你說誰是問題兒童？算了！給我！紙屋，你該不會連弄杯燒酒都不會吧？不過啊，讓你進來的我也有責任啦！……好！你就當我的末班車鬧鐘吧！這點小事總做得來吧！」

所謂末班車鬧鐘，就是為了避免搭上末班車的渡邊先生睡過頭，所以要算準快到站的時間打電話叫醒他。聽說一向是由業務部的新人擔起這個任務。

業務部的大叔們聊得興高采烈，讓我根本無法插話去問渡邊先生為何讓我面試過關。

在回家的電車上，我好不容易才阻止渡邊先生躺在車廂的地板上。他不停碎念著：「你可以做得更好啊！」還不忘補上一句：「你啊，就是不夠用心啦！」其他乘客的目光讓我覺得很難受，迫使我逃命似的在自己的車站先行下車，甚至連末班車鬧鐘這個重責大任也完全拋諸腦後。

隔天早上，昨晚一路睡到八王子的渡邊先生拿著《冷掉也很酥脆的炸雞粉》小冊子用力打我。

就在這時，榮倉小姐穿著沾滿麵粉的圍裙步出電梯。

「唷！我的準情人！」

渡邊先生開玩笑地打招呼。只見榮倉小姐微笑回了句「別開這種玩笑啦！」便走掉了。

被她瞧見不堪的模樣，我羞紅了臉，有點想哭。

渡邊先生和栗丸先生依舊因為我的事不時針鋒相對，總務部與業務部之間的鴻溝愈來愈深，我也愈來愈害怕接電話，只要一想到大家問我客戶打來說什麼，我就不由得縮起身子。

過了幾天後，工廠那邊的總務部通知我必須學習如何製作麵包，因為做麵包才能瞭解麵粉的特性，新人也才能得到大家的認同。

研習當天，我去研發部報到。榮倉小姐小心翼翼地捧起放在銀色不鏽鋼盤子上的白色麵團。

（原來如此。她的手和嫂子好像。）

成天忙著照顧頑皮侄子的嫂子，手勢十分俐落優美，榮倉小姐的手也是。我似乎明白初見那天，為何我會被她那雙手吸引。

我照著她教的方法揉麵團，卻揉得很不順利。手拙如我，完全無法駕馭這個像生物般可以伸縮的白色東西。就在我勉強把它聚攏在一起時，榮倉小姐蹙眉說道：

「哎呀！傷到麵團了。」

只見她用旁邊的麵團填補綻開的地方，把接合處藏到底面後裝進模子裡，就這樣送進烤箱。

「休息一下吧。」

等待麵包出爐的期間，她向我說明東京研發室的工作內容。為了將麵粉銷售給製作麵包的公司，她的工作就是試做麵包。

「紙屋先生都是去哪裡買早餐要吃的麵包呀？習慣去神戶屋或東客買嗎？還是去SAINT-GERMAIN呢？不對，男生都是去便利商店吧？」

「那個……我不吃早餐。」

「不會吧？你是在食品公司工作耶！這樣不行！不好好吃早餐，沒辦法做好工作啦！」

我有多少年沒被女人責備了呢？還是約聘人員時，女同事們從來沒和我好好說過話。就在我這麼思忖時，她說了句「不好意思，等我一下」便開始滑手機、打字。

和我年紀相仿的同事只有榮倉小姐，我鼓起勇氣問她：

「那個、渡邊先生……為什麼讓我過關呢？」

「過關？喔～你是說面試結果嗎？這個嘛……。你想知道？」

「我好像讓他很失望，覺得很抱歉……」

「反正渡邊先生對誰都會發牢騷啦！啊、烤好了。沒關係，我來！你坐著就行了。一直站著很累吧？」

趕緊戴起手套、快步走向烤箱的榮倉小姐，背影看起來是那麼地幹練，閃亮到教人難以直視。別過視線的我，不經意地瞧見她的手機畫面，好像是部落格的頁面。雖然僅僅一瞬間，但喜歡閱讀的我擅自捕捉了頁面上的文字。

履歷表。

帶給心靈與身體營養。

坐領乾薪的傢伙。

「好了，烤好了。研習課程告一段落。這個給你當明天的早餐。」

我小心翼翼地用手護著別人給的吐司搭電車回家，還順便買了個炸天婦羅便當。因為謀得正職工作，所以不必回老家當啃老族了。我趁溫熱便當時，用那三句話上網搜尋，結果找到一個部落格。我看著貼文的標題，上面寫著：

『我試著換算新同事混水摸魚時的時薪』

今天傍晚，榮倉小姐用麵包刀把剛出爐的吐司切成六片後給了我。感覺此刻我的心情就像被那把鋸齒狀的麵包刀刺中心臟一樣。

部落格版主的暱稱是「A員工」，性別、職業類別不詳，但是關於「紙屋先生是個坐領乾薪的傢伙」一事卻寫得十分詳盡，而且怎麼看都是在講我。

我也曾被別人在網路上抱怨、謾罵過，但是一想到寫這種文章的，是那雙拿餅乾和吐司給我的手，就覺得好難過。

「紙屋先生（恕我用假名）每天花八小時做的工作，就連我這個平凡人也只要花一個小時就搞定。也就是說，紙屋先生的時薪比我高出八倍，不是嗎？我看他現在該留心的不是帶給心靈和身體營養，而是認知到自己正在消耗公司的資源才對。」

是的，幫我取了「紙屋」這個假名的人就是榮倉小姐。之所以取這名字的理由，則寫在前一篇貼文中。那篇貼文的標題是：

『一張履歷表就讓食古不化的大叔，被像紙一般不堪用的員工給騙了』

明明別再看就行了，我卻忍不住繼續看下去。

「因為渡邊先生說他很中意這傢伙，所以我也好奇地看了這位應徵者的履歷。除了引用不曉得在哪裡看到的古早社訓比較有看頭之外，內容貧乏到不行。反正大叔們就是很吃『覺得以前什麼都好』這一套，所以光是寫個古早社訓就能讓別人留下好印象吧。難怪面試表現那麼差的他也能過關。說穿了，大叔就是被像紙一般不堪用的員工給騙了。」

所以才叫我「紙屋」嗎？這篇貼文有三百二十五人瀏覽，下方還有這樣的留言：

「想看那篇履歷！想看看到底是多麼貧乏的文章。」

對此，今天下午站在我旁邊滑手機的榮倉小姐給了這樣的回覆：

「要是放上履歷表，身分就曝光了（笑）。而且那種東西沒必要花時間看啦！」

便當裡的炸物麵衣都軟掉了。我不禁思忖著，要是用最上製粉口感酥脆的炸粉來做的話，應該很美味吧？

隔天早上，我一進公司就被栗丸先生叫過去。

「可以幫忙發一封通知大家要記得預防接種的郵件嗎？啊、別擔心，有參考範本。」

栗丸先生準備好的通知函範本內容如下：

「致東京總公司全體員工　請已施打流感疫苗的同仁憑收據向總務部申報三千日圓的補助。申請截止日為四月三十日。特此告知。　總務部」

只要改個日期發出去就行了，紙屋也做得到，對吧？被栗丸先生這麼說的我，確認了至少十次才發出去，截止日期也沒弄錯。

無奈直到截止日的三天前，還是一大堆人沒繳交收據。東京總公司一共有四十名員工，隸屬業務部的三十人當中，竟然高達七成的人還沒接種疫苗，而且他們經常出差去工廠，所以栗丸先生要我口頭催促他們。

「一旦病毒擴散、影響工廠那邊的運作，肯定會怪罪我們總公司這邊。」

「可是不管我怎麼催，他們都不理會。」

「反正催就對了。至少有催過。」

栗丸先生回自己的座位。

於是，我抓住業務部大叔們回到公司的時機，主動出擊。大家只是敷衍地回應：「好啦、知道啦！」還有人趁機打槍：「哪有時間去打針啊！」

「可是我兩個禮拜前就發通知給大家了……」

我不肯罷休地反駁。只見坐在位子上的渡邊先生冷冷地看向這裡。

「喔，就是栗丸先生最喜歡的那套文書至上主義啊？」

「文書至上主義……什麼意思？」

「憑一張紙就想驅使別人，不會替別人著想的手段囉。」

「您誤會了。」

坐在位子上的栗丸先生朝我們這裡喊道：

「白紙黑字留個底，才能避免日後有所爭執，這就是文書至上主義，公司的基本原則。」

渡邊先生根本不想聽，衝著我繼續發牢騷：

「我說你們總務部啊，就是不懂得體諒別人啦！我們的時間可是分分秒秒都奉獻給客戶，每天都在跟客戶周旋，哪有時間去打什麼疫苗啊！我們可不像你們總務部過得那麼愜意！……啊、餵我吃那個。」

他對著送來試吃麵包的榮倉小姐，指著自己的嘴巴。

「才不要！」

榮倉小姐輕輕瞪了渡邊先生一眼，然後對著我苦笑。不過我卻沒有回以微笑。一想到自己的一舉一動可能被寫在部落格上，就整個人僵住。

「那種感覺不到誠意的郵件，哪能打動人啊！」

渡邊先生抓起包餡麵包，一臉認真地吃著。

「而且啊，就算打了預防針，流感硬要找上身也是躲不了吧？」

「莫非渡邊先生怕打針？」

我不由得問。

「幹嘛問這種事啊！當然怕啊！針刺進去耶！難不成你喜歡打針？有夠變態的！……榮倉妹妹，這個口感不夠軟。」

「我再試做一次。」

榮倉小姐將不鏽鋼空盤（搬運食品用的容器）疊好，指著排成一排的麵包對我說：「已經試吃過了。這個給你們當午餐。」說完便回到研發室。我瞄了時鐘一眼，已經午休了。順手從不鏽鋼盤拿起一個起司口味的丹麥麵包，回到自己的位子時，栗丸先生走過來。

「把之前的郵件主旨改成『再發一次』，這是最後通知。」

「可是他們肯定不會看吧。」

「照我說的去做就對了。」

栗丸先生用那對藏在薄薄鏡片下的雙眼看著我。

「發了兩次通知，也口頭催過了。再不去做就不是總務部的過錯了。」

栗丸先生去吃午餐，其他人也出去了。辦公室裡只剩下我。

我一邊吃著起司口味的丹麥麵包，一邊點開之前發出去的通知郵件。

把這封郵件再發出去強調一次，作為最後通牒。

多麼簡單的工作啊！就連我也能搞定。可是卻覺得有東西哽在喉嚨，為什麼呢？因為社史描述的最上製粉不是這樣的公司，應該更有人情味、人與人之間的互動更融洽才對……。我一口吞下香氣十足的麵包，結果被噎到了。

「不好吃嗎？」

榮倉小姐走回來。她抱著用包巾包著的便當，看著不停捶胸的我。

「不是、很好吃。只是我有點心煩，不小心噎到。」

「你是在煩惱通知大家預防接種的事嗎？」

榮倉小姐看著螢幕上的郵件畫面。她已經打過流感疫苗，也繳交了收據。

「改個郵件主旨，再發一次就行啦！」

「可是我覺得這麼做，渡邊先生他們還是不會理會吧。」

「那就不管他們囉。」

「要是疫情擴散，會影響工廠的運作，不是嗎？」

「若是這樣的話，也不是紙屋先生的責任吧。那些人本來就無法理解預防接種的意義，這間公司真的是……」

榮倉小姐怕被別人聽見似的張望四周。

「死性不改，是吧？」

聽到我迸出這句話，榮倉小姐怔住了。

「啊、對不起。……那個、是這樣寫的吧？【書寫我待的這間沒救的公司】。」

這是她的部落格名稱，只見榮倉小姐面無表情。

「喔？有這部落格啊？」

那時的我沒察覺她試圖裝傻。

「當然有啊！榮倉小姐就是作者吧？」

「拜託！哪是什麼作者啊！只是自己的部落格罷了……你為什麼會看到？」

「意外發現的。」

「拜託！別這樣啦！」

「可是公開在網路上，誰都看得到啊！」

「你該不會是因為自己的事情被寫，所以很生氣？難不成想讓全公司的人都知道？」

榮倉小姐面色蒼白。

「我沒生氣，也不會說出去，只是受到打擊，畢竟妳寫的都是事實……。還有，也很感謝。」

「感謝？」

榮倉小姐一臉莫名其妙。

「因為看了那個部落格之後，我終於知道自己為何被錄用。」

搶在她開口之前，我繼續說：

「我知道自己讓大家很失望，也被渡邊先生當面說過。不過，託榮倉小姐的福，才知道那篇履歷被渡邊先生誇獎，真是太好了。」

我的口好乾，還是第一次在職場上一口氣講這麼多話。

「難不成……」

「欸？」

榮倉小姐微微一笑。

「你想寫點什麼來打動那些大叔，勸他們去打預防針？」

這番話讓我彷彿被雷劈到，因為從沒這麼想過。我看著自己的手指，不會接電話、也不會揉麵團，不過……對了！要是文字的話……也許行得通。

「我開玩笑的啦！你要用被渡邊先生誇獎的文字功力說動大家，根本不可能（編註：這裡帶有暗貶渡邊先生的程度之意）。況且，你有靠寫作拿過什麼獎嗎？應該沒有吧。」

「我寫的讀書心得拿過佳作……」

榮倉小姐的表情忽然變得柔和。

「這種程度的實力……。總之，紙屋先生絕對不可能勸得動那些死性不改的大叔。」

她說完便走了。我的手指離開鍵盤。也許吧，至少也要拿個第一名。不，即便如此也沒什麼好自豪的吧。

然而，此刻腦海中響起的、哥哥所說的話，又讓我的手指擺回原來的地方。

——不管再怎麼微不足道，只要有一項長處就能在公司立足。

我的長處。

我寫了履歷表，想傳達自己覺得最上製粉「很棒」的心情，還得到渡邉先生的肯定。寫作能力就是我的長處，即使只拿到佳作，也是我唯一的才能。

父母只賦予我這項長處，也被哥哥誇獎過，我卻全盤否定自己，難道不會後悔嗎？我捫心自問。此時不發揮所長，更待何時？難道這輩子都打算塵封不動這項才能嗎？

我想起找哥哥練習面試一事。我曾被他問過好幾次卻答不出來的問題，就是這個。

——你進來後，能對公司有什麼貢獻？

我刪除照著範本寫的文字。

不用口頭交代，留下白紙黑字。栗丸先生說這是公司的原則。

也就是說，公司是許多文書的集合體。寫這封郵件，就等於是在寫這間公司。和榮倉小姐用部落格所寫的不一樣，我想書寫最上製粉股份有限公司，我能做的只有這件事。

在我埋首重寫時，午休結束了。渡邊先生怒吼：「喂、接電話啊！」

「算了、算了。我來接！紙屋這混蛋！」

該怎麼寫呢？我拭去耳後的汗水，繼續搜索枯腸，專心到連周遭的聲音也聽不到。

寫完後，我瞧了一眼時鐘，下午三點多。

發送出去之前，先拿給上司過目。栗丸先生看過後，佩服似的說：

「你明明做事錯誤百出，沒想到竟然通篇沒錯字，也沒漏字。」

對於內容卻隻字未提。我回座，寄出這封郵件。

沒人回應，沒有收到任何回信。

隔天早上也沒有，而且沒人提起預防接種一事，只見業務部的大叔們急急忙忙地準備出去跑業務。果不其然，還是行不通嗎？搞不好他們連看都沒看吧。我虛脫地走向洗手間，進入個間，還是忍不住點進榮倉小姐的部落格，發現有新貼文。

『公共衛生意識低落的大叔們是病毒最愛的溫床』

一百一十三人瀏覽，贊同的留言也很多。「公司就是被這種歐吉桑搞垮的！」還有如此激烈的留言。

當我步出洗手間時，榮倉小姐恰巧從女廁走出來。

「那個……」

我喚住她。

「昨天……我又發了一次那封郵件……那個……」

「喔～我收到了。不過我已經接種過了，想說沒必要看吧。」

她沒看嗎？昨天我們不是還在討論這件事？我很希望她看，誰都行，我希望聽到感想。我對榮倉小姐說：

「妳的新貼文超多人看。」

「是啊！也有很多留言。」

榮倉小姐只回了這麼一句。看來只關心自己的她，根本不想看我重發的那封郵件。

就在我輕嘆一聲、轉身離去時，身後傳來這樣的聲音：

「紙屋先生不瞭解我們公司。」

我回頭，榮倉小姐的臉上浮現同情的神色。

「預防接種一事只是冰山一角。明明新社長一直在推動新的公司原則、效率化、創新改革，那些大叔卻一點也不想改變，還是緊捧著那個古早社訓，什麼帶給心靈和身體營養。拜託！現在又不是戰後那種吃不飽、穿不暖的時代，大家怎麼可能只吃麵粉做的東西就覺得很幸福？」

我想起面試結束後，收到的那袋口感微甜的餅乾。那時的我學到就算深陷谷底，美味的東西吃起來還是很美味。

「榮倉小姐為什麼要寫那種部落格呢？」我問。

或許她也真心希望渡邉先生他們能有所改變吧？若非如此，也不會發那麼多篇貼文。就在我這麼思忖、想要開口問她時……

「什麼叫做『那種』部落格？」

榮倉小姐臉色驟變。

「拜託！我的部落格可是被一年看上百本書的人誇獎，和只是被渡邉先生誇獎就喜孜孜的紙屋先生的文章，層級可是完全不一樣。已經跟你說很難勸得動那些大叔，為什麼你還是覺得憑自己的文筆可以打動他們？」

我頓時語塞。對我來說，這件事的確比登天還難。

渡邊先生一定是誤會了。只憑履歷表就給了我高評價，而我也信以為真、得意忘形。明明有範本，卻自以為是地改寫內容，落得沒人理睬的下場，讓自己丟臉到不行。陽光照不進來的走廊，空氣格外冷冽。

「你們兩個怎麼了？吵架啊？」

傳來渡邊先生的聲音。似乎剛跑完業務回來的他，大步走向我們。

「不是。」

就在榮倉小姐口氣不耐煩地回應、正要離去時，渡邊先生說了句「這個」，從包包拿出一張摺得皺巴巴的紙。瞥見那張紙的她頓時怔住，停下腳步。

那是一張收據。

金額三千五百日圓，上頭還寫著預防接種費用。

「還來得及吧？馬上給我現金！可以補助三千不是？我三點還要出去，皮夾只剩五百了。」

他將收據塞給我。

「渡邊先生，那個、難道……」

你去接種疫苗了嗎？我很想這麼問，卻發不出聲音。

「果然讓你過關是對的，我有一咪咪這樣覺得喔！」

渡邊先生攤開從胸前口袋掏出的一張紙。只見榮倉小姐的表情愈來愈僵，那是我的履歷表影本。

「我說你這小子，還挺瞭解這間公司嘛！怎麼會進公司前就這麼懂我們？」

「那是因為、那個……我看過社史。」

「社史？啊！原來如此。我不知道為什麼，看到你進公司後反而露出那種不懂我們到底在想什麼的表情……就忍不住想修理你。」

渡邊先生很不好意思似的摺好那張影本，說了句「以後還是會繼續修理你啦！」便下樓了。

榮倉小姐一邊從圍裙口袋掏出手機，一邊喃喃自語：「社史？」

「紙屋先生看過那種東西？」

榮倉小姐沒看過嗎？也許一般人對於自己任職公司的歷史沒興趣吧。明明那麼有趣，好可惜。

「我真不懂。」

榮倉小姐好像在看我發送的郵件。

「渡邉先生怎麼會因為這種文章就被打動？」

這種文章。一把利刃劃傷我的心。

不過，渡邉先生看了我的文章而去接種疫苗是事實。而且是不可動搖的事實。

我想起哥哥那總是自信滿滿的模樣，收集一切勇氣的要素後，我說：

「我想靠寫作能力在這間公司立足。」

為了返還這把利刃，我抱著必死的決心。榮倉小姐沉默片刻後說：

「……憑你那用讀書心得拿到佳作獎的程度？」

「就算只是這麼一點程度，也是我唯一的長處。」

我這麼說的同時，又重新再回想了一次。

回想那封融入所有「進入這間公司後所見所聞之事」、揮汗寫成的「【再發一次】預防接種通知函」郵件內容。

「致東京總公司全體同仁

預防接種端視個人意願，無法強制。然而，我們是最上製粉。縱使時代在變，我們依舊做著與維繫客戶生命有關的工作。

無論是上班前的早餐麵包、一個人跑去買的炸天婦羅便當，還是下班後的美味炸雞與啤酒，為了做出無論何時都讓人覺得美味無比的麵粉，總務部認為我們應該先管理好自己的健康狀況。補助款項申請期限到四月三十日為止。麻煩各位了。特此告知。

總務部 紙屋」

傍晚為止，收到七位營業部同事的收據。有些人因為有事，無法馬上去醫院接種疫苗，所以栗丸先生打電話給工廠那邊的總務部，請求將期限延長兩天。

「只是寫一封郵件，竟然花了三個鐘頭，不覺得很誇張嗎？」

栗丸先生掛斷電話後這麼說。他說的沒錯，羞愧不已的我低著頭。

栗丸先生嘆氣後，說道：

「以後不用照範本寫了。如果還有文書方面的工作再交給你。」

我抬起頭。依舊是一號表情的栗丸先生，為了重泡被我搞砸、原本要端給客人喝的茶水，走向茶水間。

之後一個禮拜，榮倉小姐都沒有更新部落格。

然而我並沒有察覺這件事，因為我的腦子早已被兩件事帶來的喜悅給占滿。一是渡邊先生被我的文章打動了。二是我的寫作能力得到栗丸先生的認可。

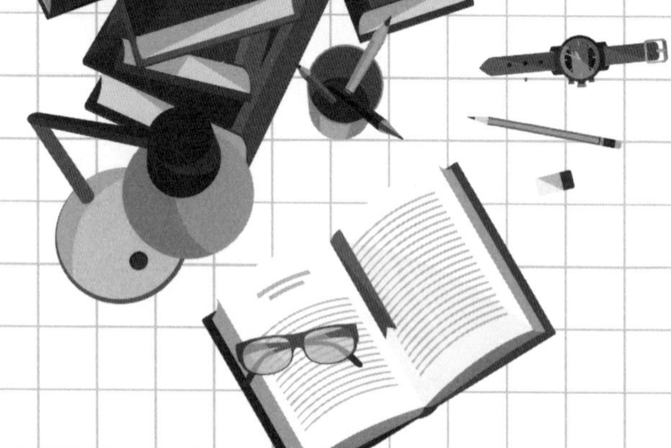

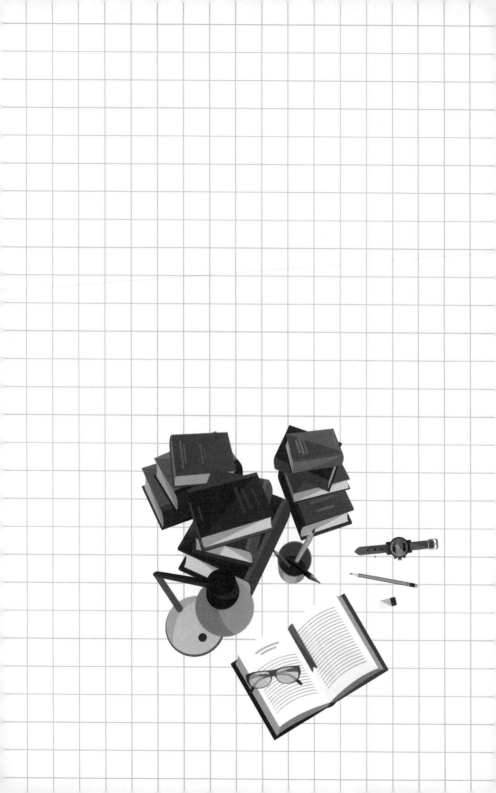

第二話

這不是能引起大叔興趣的文章

影印報紙這件事的難度好高。直到蓋上蓋子的那一刻為止都要很小心，因為栗丸先生不容許印出來的字體歪斜。我想迅速啪地一聲蓋上蓋子應該就行了，但這麼做卻被業務部的大叔怒斥：

「吵死了！」

「紙屋，既然你啥都不會，至少也要安靜點吧！」

渡邉先生乖乖接種疫苗一週後，我的評價再次跌入谷底。

忘了告知業務部哪一天是驗車日可是非同小可的事。抱著樣品的大叔們看到空蕩蕩的停車場，飛也似的奔向租車公司。慘遭五雷轟頂的栗丸先生放話：「要是有什麼不滿，那就請業務部自己管理車子。」然後看著我，喃喃說道：

「怎麼犯這種連小學生都不會犯的錯啊……」

我也不知道。那天晚上，我試著問問遠在地球另一側的哥哥。

〈你只要一看到文字，注意力就會渙散。小時候你死盯著餐桌上的廣告傳單，還打翻味噌湯。〉

我的確可能一邊影印，一邊無意識地看著文件內容，問題是……。

〈只要讓周遭的文字消失，就能解決你的兩光毛病。〉

這種事哪有可能？因為公司裡頭充滿文字。

渡邊先生搧著扇子走進辦公室，只見他經過貼著「七月開始開冷氣」的告示，猛發牢騷：

「喂、紙屋！開冷氣啦！今天是怎樣啊？明明是五月竟然熱到像夏天？還是已經夏天了？」

我超羨慕那種不想看文字就能完全漠視的能力。懶得忤逆的我啟動冷氣。

「渡邊先生，您還沒交讀書會的報告，明天是最後一天，那個……」

這間公司每半年就會發些與商業有關的書籍給全體員工閱讀，然後要大家繳交讀書心得。因為這也算是一門研習課程，所以稱為讀書會。

這次要閱讀的書是《一學就懂的公司內部人權》，選書人是我。

「明天不可能交啦！我要準備很重要的提案。」

「可是，怎麼說呢……渡邊先生是最應該看這本書的人。」

這次讀書會的主題之所以是公司內部人權，是因為渡邊先生在前幾天的面試場合，問一位來應徵的女性「妳結婚了嗎？有小孩嗎？」而引發棘手的事件。他好像還補了一句：「妳應該會被蓋上『高』字吧？」以前高齡產婦的媽媽手冊上會蓋上一個「高」字。

「要是有人上網爆料這件事，勢必有損公司形象。」

果然被栗丸先生料中，昨天傍晚，批評最上製粉食古不化的部落格【書寫我待的這間沒救的公司】上又有新貼文。

標題是『中高年人的思維永遠不會更新』。

我一直熬到午休時間，才用手機看這則貼文。

「紙屋先生（假名）絞盡腦汁地想讓業務部的大叔們看書。當中最不愛看書的渡邉先生，給他好幾本去選，他總算挑了最薄的一本說要讀，可惜紙屋最終還是遭到背叛。老是批評年輕人不看書，其實最不看書的是中高年人，他們的思維比windows95還ＬＫＫ。」

幸好沒曝光公司名稱，畢竟作者比誰都害怕自己身分曝光。我看著正在排放試作品的作者。

「榮倉妹妹，牛奶法國麵包的口感還是很硬耶！吃不出和之前有啥不同。」

被渡邉先生這麼說的榮倉小姐語帶玩笑地說：「幹嘛喊人家妹妹啊？」被叮囑重做的她微笑回了一聲「好啦！」。這樣的她怎麼看都不像是會寫那種部落格的人。

「好了！我要去吃飯囉！」

渡邉先生離開後，辦公室只剩下我和榮倉小姐。她用薄紙包好牛奶法國麵包，說了句「給你」，然後遞給我。

隱約感覺自從我在公司的評價又變差以後，她對我就溫柔不少，而且整個人看起來比較有精神。久未更新的部落格也發了新貼文，看來她是聽說了車檢那件事吧。

「我看過讀書會的介紹郵件了。」她說。

咬了一口牛奶法國麵包的我嚇一跳。

「是寫得不錯啦……可是好像沒辦法打動那些大叔。」

她提起我現在最不想聽到的事。

「那個、在部落格上寫我的事……」

「喔，你看了嗎？讓你等了一個禮拜，不好意思。」

我才沒等，根本幾乎忘了這回事。可是，因為很在意榮倉小姐怎麼看待我又被打回冷宮一事，所以才點閱。

「那些人根本沒在看書啦！現在讀書會所選的書，內容愈來愈簡單，記得上次挑的是為孩子解說新聞的人所寫的書，根本三十分鐘就可以看完，但他們還是不看。」

「可是通知預防接種時，他們看了我寫的郵件啊！」

「他們那時只是覺得一向沒什麼幹勁的紙屋先生，居然對一件事那麼投入，覺得很新鮮吧？

興頭過了就膩囉。所以這次不管你再怎麼寫，他們也不會看。」

我的心又被鋸齒狀的麵包刀刺入。

枉費我花了兩個小時寫讀書會介紹，拚命闡述閱讀是一件多有意義的事，卻得不到渡邉先生他們的任何回應。他們不是已經認同我了嗎？

相較於此，榮倉小姐的新貼文瀏覽人次已達二百五十人，還被不少人轉貼。

「如果紙屋先生有需要的話，我可以教你怎麼讓他們看書的方法。」

「有這種方法？」

「不過我的知名度和那種動不動就有一、兩萬人點閱的部落客相比，根本是小巫見大巫。」

有一種被批評自己的寫作能力根本連金字塔底邊都搆不上的感覺。

「那就算了。反正就算榮倉小姐教我，也沒用吧。」

「蛤？」榮倉小姐皺眉。「你是瞧不起我嗎？」

我的意思是，反正怎麼做都沒用。我趕緊以上洗手間為由試圖逃離，沒想到從走廊另一頭傳來「哇哈哈哈」的爽朗笑聲，堵住我的退路。

榮倉小姐趕緊點頭行禮，說了句：「您辛苦了。」

最上輝一郎走進辦公室。他是最上製粉的第三任社長，今年才三十五歲。只見他那細長的雙眼直視前方，就這樣從我面前走過，看來他是不會輕易和基層員工交談的人。我趕緊點頭行禮，這是我們自面試那天以來的再次相會。輝一郎幾乎都待在位於這層樓最裡面的社長室，今天也是快步走進他的辦公室。

有個中年男子追上他。

「對方也很期待和社長碰面。」

中年男子弓著有如鐵板般厚實的背脊，笑容滿面地走進社長室。剛才那「哇哈哈哈」的爽朗笑聲，就是他發出來的嗎？

「他是玄野常務。紙屋先生面試時，他也在場喔！」

榮倉小姐悄聲告訴我。所以，他就是讓我過關的人嗎？栗丸先生曾說「渡邊先生和常務讓你過關，我和專務反對」。

「他是管理工廠那邊的頭頭，超級死性不改的歐吉桑。」

榮倉小姐垂著眼，重新排好麵包。

「以前還是新人的我去工廠研習，迎新會結束後，常務帶我們去唱KTV，每個女孩子都被他要求一起合唱，還被他緊抓著手不放。」

我看著榮倉小姐的手。

她在紙片寫上麵粉的商品名稱，分別貼在麵包上。好漂亮的手喔！會是什麼樣的觸感呢？實在教人很難不產生遐想。應該說，每次看到，每次都會想。不過，我可沒起什麼邪念，畢竟就連渡邊先生也沒出手過。

「總之，就是這樣囉。已經習慣了。」

我目送返回研發室的榮倉小姐，心想女性在職場工作還真是辛苦。終於明白為什麼她在部落格的世界那麼威風，在公司卻如此乖順的理由。我突然覺得有常務那樣的人在，要改變大叔們的意識型態根本是天方夜譚。

那天晚上，我發了一封郵件給哥哥。

〈難道公司就是這麼回事嗎？〉

〈是啊。反正每個國家都一樣啦！多多少少都會有職場性騷擾。不過，我絕不允許我的女兒遭受這種事！我一定會不擇手段，讓那間公司消失。〉

看來嫂子懷的是女寶寶。要是哥哥的話，極有可能這麼做。

〈你會找我聊女孩子的事，看來你喜歡她吧？〉

我喜歡榮倉小姐。

是這樣嗎？我思索片刻。就算是這樣，榮倉小姐也不可能喜歡我，打死都不可能。所以想也沒用，不是嗎？

雖然之後這問題好幾次浮現腦海，讓我煩惱不已，但也僅止於想想而已。反正想也沒用，就別想了吧。即便在寫這個故事的此刻，也沒做出任何結論。

〈男人為了心愛的女人，可以超越自己的限度。〉

我關掉愈寫愈亢奮的、哥哥的郵件，啃著榮倉小姐給的三個牛奶法國麵包當作午餐。口感鬆軟、美味無比，哪裡偏硬啊？我想起榮倉小姐被說重做時，回答「好啦！」的模樣。

為什麼隨便握住別人認真揉麵團、仔細貼標籤的柔軟雙手，竟然不覺得可恥？我討厭被玄野常務這種人認可的自己。還有，真希望渡邊先生也幫幫忙，看一下那本書。

隔天，玄野常務也沒回工廠。

雖說如此，他在東京好像無事可做，只是坐在出差者專用的辦公位子，頻頻向旁邊的栗丸先生搭話。但因為栗丸先生反應冷淡，所以他的目標逐漸轉向我。

「紙屋已經習慣這份工作了嗎？想必是個優秀人才啊！」

「沒、沒這回事……」

附近同事的視線刺痛了我。

常務之所以讓我面試過關，八成和渡邊先生的理由一樣，是因為我知道那個古早社訓，打動了死性不改的中年員工吧。

「你太謙虛啦！渡邊先生可是很看好你、堅持一定要錄用，我想你一定很優秀。栗丸也輕鬆多了，是吧？」

「喔……」栗丸先生盯著電腦螢幕，含糊地回應。我光是忙著復原剛剛被我不小心刪除的員工薪資表函數，就已經焦頭爛額了一下午。

玄野常務這次來東京，好像是為了大客戶鶴屋麵包打算停止生產招牌商品「包餡麵包」一事。

「咦!?真的嗎？」

我不由得驚呼。

「我記得包餡麵包的麵粉可是創辦人滿輝先生辛苦研製出來的，不是嗎？」

《最上製粉　一路走來充滿感謝的六十五年》裡頭有記載。

戰爭結束後過了五年，日本的學校開始施行營養午餐制度，麵包也普及到一般家庭的餐桌，民眾對於飲食的要求開始重質勝於量。政府廢除了小麥統一管理的制度，加速製粉業界的自由競爭，缺乏銷售力的製粉工廠只有淘汰一途。

再這樣下去，我們公司也會完蛋。

於是，煩惱不已的滿輝延攬資深技術人員，向他們學習更先進的製粉技術，直到自己能夠站在機器前指導員工如何製作，這份努力終於得到縣評會頒予第一名的榮譽。喜歡畫畫的滿輝還親手設計商標貼在麵粉袋上，主動向麵包業界鼎鼎大名的鶴屋麵包推銷自家商品。

然而，當時鶴屋麵包的社長並未首肯。

「即使被拒絕了好幾次，滿輝先生還是不死心地一次次登門推銷。」

「你知道得可真清楚啊！滿輝先生總是騎著偉士牌機車，載著麵粉前往鶴屋。想想，那時的他還真是時髦啊！」

「我們總算打敗日南製粉、日洋製粉這些勁敵，被鶴屋給採用了，不過在那之後也被他們要求改良產品好幾次……」

我嚇一跳，發現自己有點得意忘形，居然和這個不可原諒的傢伙聊起來。

只見栗丸先生起身，走向這樓層的出入口，去拿一些下午要回收的登記資料。本來這是我的工作，但光顧著和常務聊天的我竟然忘了。

「栗丸他啊，是社長的走狗。」

玄野常務突然壓低聲音說道。

「咦!?」

常務收起笑容，神情嚴肅。好久好久沒聽到「走狗」這個詞，上一次聽到是在小時候看的英雄卡通裡。

「他對新社長可是言聽計從，說什麼改革公司，不過是耍些小伎倆，束縛工廠那邊的人罷了。你不覺得他的作風很官僚嗎？」

栗丸先生的確比較一板一眼，但對我來說，他是個不管我怎麼胡搞都不會生氣、早已放棄我的好上司。

「對栗丸來說，鶴屋不過是帳簿上的一個客戶罷了。就算包餡麵包不做了，也沒啥大不了，不過是帳上少一個品項罷了。」

玄野常務雙手交臂，曬得黝黑的厚實手上有著明顯的舊傷。

「社長也是一丘之貉。」

他的聲音壓得更低。

「這些話可不能說出去。記得是輝一郎先生念幼稚園的時候吧，他很討厭鶴屋的包餡麵包，因為像他這種少爺命的人，都是吃口感很硬的正統法國麵包長大。良輝先生是很寵孩子的人，所以總是一笑置之，可是知道滿輝先生當初有多辛苦的我聽了很不爽，覺得他就是那種沒吃過苦的小鬼。」

他為什麼要對還是新人的我說這些？

「你可別變成社長的應聲蟲喔！」玄野常務說道。

話題愈來愈沉重。我趕緊以必須去抽根菸為由，火速逃離現場。

吸菸室只有一坪大小，狹小得令人窒息，還一片白煙茫茫。不巧渡邊先生也在裡面抽菸，只見他竊笑地說：「你被玄野那老頭纏住啦？」

「那個……常務討厭社長嗎？」

「沒人喜歡輝一郎吧。」

渡邉先生一邊吐煙，一邊用下巴指了指由我負責回收的吸菸室出入紀錄本。

「這東西也是那傢伙發想出來的啊！起碼也要讓我們自由地抽根菸吧？那傢伙從小就屁眼小啦！」

「啊、可是，這麼做是為了員工的健康著想。」

「最好是啦！他八成每天晚上翻看，檢查有誰蹺班吧。」

雖然我很想反駁這是胡亂猜測，但還是說不出口。

「所以大家都是看著社長長大嗎？」

「當然啦！」

渡邉先生又點了一根菸，為我訴說那些往事。

前一任社長夫人參加公司的員工家庭日時，年輕社員得幫忙照顧輝一郎，聽說他是很怕生又愛哭的小孩。

「那種愛哭的傢伙竟然繼承公司，真教人覺得悶啊！」

社長從小就被老員工們這麼看待嗎？我不由得心生同情。要是我，有自信一定會違背大家的期待。

無奈有哥哥這般絕不會讓人失望的傢伙存在，更突顯出我的不堪。好比昨天打開電視就瞧見哥哥上財經節目，被捧為青年才俊的他，一臉精明幹練地說自己從小就喜歡登高處。

「而且啊，聽說輝一郎是個動漫迷，這怎麼行啊！」

「呃、這是偏見，我也看動漫。」

「你的表現也不怎麼樣啊！」

「對了，那個……讀書心得寫得如何了？」

繳交期限是明天，渡邊先生卻充耳不聞。

「對於眼睛長在頭頂上的小輝來說，我們這些看著他包尿布、愛哭地長大的老員工，就跟這煙一樣嗆人吧。」

小輝似乎是輝一郎小時候的暱稱。

記得最後一關面試時，輝一郎對看過社史的我說：「看了那本社史，會覺得這間公司很棒，對吧？」若非第二任社長良輝驟逝，待輝一郎繼承家業時，這些老員工也即將退休吧。

話又說回來，渡邊先生似乎打算徹底裝作沒聽見繳交讀書心得這回事。

那天傍晚，栗丸先生發了一封郵件給「東京總公司全體同仁」。

「沒有繳交讀書心得一事，也會影響考績。繳交期限特地延長至明天，還請大家務必配合。特此告知。總務部」

渡邊先生果然來抗議。

「栗丸，你真是有夠卑鄙！」

「哪裡卑鄙？已經夠體恤大家了。」

兩人又開始抬槓。渡邊先生找各種藉口，打死都不肯看書；栗丸先生則是堅持採取更嚴格的規定。儘管其他大叔們笑笑地說「又來了」，但兩人針鋒相對的模樣著實讓一旁的我坐立難安。

我認為公司就是大家團結一條心、製作好產品的地方，為了這點小事起爭執，這樣好嗎？要是我早一點說服渡邊先生就不會鬧成這樣了，心情突然變得很差。

「既然都吵成這樣了，休想我會看書！」

渡邊先生撂下這句話後，回到業務部。聽說他好像要去鶴屋開會，可能是和常務一起去。

我湊向栗丸先生。

「那個……以考績要脅好像有點過火。」

無論哪個時代，都有對閱讀興趣缺缺的人。雖然榮倉小姐直指中高年族群不愛看書，但我哥是連漫畫都不看，即便如此，他還是遠在沙烏地阿拉伯蓋摩天大樓。

「就算不愛看書，只要工作能力強就行了。不是嗎？」

我想，換作是我也會這樣吧。深得同事信賴，娶了個漂亮老婆，休假日忙著陪孩子，搞不好根本沒時間看書。不，剛好相反，要不是我彷彿中毒似的熱愛文字，一定能更專注於工作，實現那種夢想般的生活也說不一定。

栗丸先生擦拭眼鏡後戴上。

「可是再這樣下去，渡邉先生只會鬧出更多性騷擾問題。畢竟他是那種會大言不慚地說『以前啊，在走廊上擦身而過時，碰一下女孩子的胸部也沒什麼大不了』的人喔。」

我無法反駁。我們是在講同一國的語言嗎？

為了因應那些人怎麼都不肯讀的最慘情況，栗丸先生要我整理一份書籍內容大綱。

「萬一那起面試性騷擾的醜聞傳出去，至少要有個我們確實指正、處理過的證據。」

又來了嗎？這就是栗丸先生奉行的文書至上主義？

心有疑慮的我，還是著手進行他所交代的事。雖然我已經看完那本書，但要整理大綱寫成報告，還是得從頭讀過一遍才行。上班時，大大方方地看書堪稱人生一大樂事。

我一直整理到傍晚才弄好。字數不多，整理成一張紙，而且字體放大、行數又少，即便如此還是設法寫得讓人有興趣閱讀。這應該算是我的得意之作。

結果包括渡邉先生在內，有五位大叔逾期不交讀書心得，於是我將整理好的內容大綱放進渡邉先生的傳閱箱。基本上，看完放在這裡的文件資料後，會在封面右上角蓋個確認章，再傳給下一個人看。我一直焦急等待蓋滿五個確認章的內容大綱回來。

就這樣過了三天，那張內容大綱依舊躺在渡邉先生的傳閱箱。我只好拜託他們快點傳閱。

「好啦、好啦！我改天會看啦！」渡邉先生回應。

「改天是什麼時候？」

渡邉先生盯著來自客戶的傳真，像要攆我走似的搖手。

「改天就是改天啊！」

那天傍晚，失落的我走在從公司通往車站的路上。老人家騎著淑女車，悠閒地駛過充滿懷舊氣息的商店街，真的是很有下町風格，讓人好懷念、心情放鬆的光景。

社史裡也放了許多美好舊時代的照片，不過那些都只是大叔們心中美好回憶的歷史照片，沒有放故意摸女同事胸部的猥褻照。老爸以前也幹過這種鳥事嗎？我忽然這麼想。唉，還是別想這種事吧！

「啊、紙屋先生，辛苦了。」

身後傳來榮倉小姐的聲音。

「等一下，你幹嘛走那麼快啊？」

「因為我肚子餓。」現在的我只想獨自沉思。

「那要不要去那邊吃可樂餅？」

就算吃了可樂餅，渡邉先生也不會乖乖看我寫的內容大綱。

「那家肉店的可樂餅超好吃，走吧！」

這種懷柔攻勢最可怕，但我也沒勇氣拒絕。

我買的是肉餅。雖然榮倉小姐不滿地說「我明明推薦可樂餅，你幹嘛買肉餅啊？」，但老哥表示心情低落時，吃肉就對了。我們坐在店門前的長椅上，慢條斯理地吃著不小心就會燙嘴、裝在白色紙袋裡的美食。忽然想到還是第一次有女人主動邀約我呢！頓時有點緊張。

「那個、這給你參考。」

榮倉小姐從包包掏出一張紙，那是我寫的內容大綱。但仔細一瞧，好像不太一樣。

「內容寫得不差，只是標題弱了點。我想如果這裡改一下，他們應該就肯看了吧。這是我稍微修改過的版本。」

榮倉小姐看起來頗得意，又有點不好意思。

我看著這張紙。原本我下的標題『尊重女同事的公司最強』被改成這樣：

『屍橫遍野……因為小看女同事而墜入地獄的上司』

我沉默半晌才開口：

「呃……榮倉小姐有什麼目的吧？」

「蛤？」

「想用這新標題批判渡邉先生，是吧？」

「喔，因為我覺得引起他的注意很重要。我的部落格每次用這種標題的時候，瀏覽人數都明顯變多。」

「那是因為會看榮倉小姐部落格的人，都想批判渡邉先生這種大叔，只有他們才會喜歡這種標題吧？」

榮倉小姐為了吸引那些素昧平生的人注意她的部落格，用詞都過於尖銳。

「我希望渡邉先生清楚瞭解為何要他看這本書。」

我將紙還給榮倉小姐。公司是活生生之人待的地方，話語能將書寫者的心意更深切地傳達給閱讀者，所以我不想用什麼影響考績、墜入地獄之類的要脅口氣。因為我一路走來的職場生涯已經聽過太多這種說法了，卻沒有一次因此做好工作。

「可是渡邉先生怎麼都不肯看，不是嗎？紙屋先生……就算你寫那種東西，他也不會看吧。」

既然如此，榮倉小姐為何這麼做呢？悄悄拿走放進傳閱箱的內容大綱，還花那麼多時間改寫，用的卻是「屍橫遍野」這種詞彙，這樣真的好嗎？我也很氣讓那雙纖纖玉手寫出如此腹黑用詞的渡邉先生和玄野常務。

「我一定會說服他們。」

還沒想到一招半式的我，竟如此誇口。

「我決定憑自己的寫作能力在這間公司待下去。」

只見榮倉小姐將那張紙和裝可樂餅的紙袋扔進垃圾桶，隨即站起來。她那混雜在商店街熙來攘往人群中的背影，看起來比平常纖弱。

隔天起，我一門心思都在觀察渡邊先生，因此忽略了工作。反正被我胡搞瞎搞以後栗丸先生都要再重做一次，既然如此，還不如一開始就不要做。

我明白了一件事，那就是渡邊先生也會閱讀文字。

像是義大利麵的缺貨通知單、回收什錦燒麵粉的道歉函，還有來自客戶的傳真等，渡邊先生會張大眼、仔細地看著。只要事關自己的工作，他都會看得很專注。

問題是，如何活用這個發現呢？

栗丸先生從剛才就盯著我。他八成想對我說：「你要是無心工作，起碼也幫忙應付一下常務吧？」因為玄野常務還在東京。我只好停止觀察，走回自己的座位，此時渡邊先生從後面追上來，不過卻越過我、走向常務。

「常務，下次您去鶴屋拜訪時，方便帶我一起去嗎？」

這就是搓著手、向人懇求的模樣嗎？除了連續劇之外，我還是第一次看到。

「渡邊先生不是負責包餡麵包的啊！」

「其實關於鶴屋包餡麵包這案子，我有個想法，但要是沒有從頭參與的話，實在很難……」

「這沒辦法啦！」

玄野常務笑道。

「因為社長討厭麻煩，況且好不容易結束和鶴屋的長期合作關係，現在要是提什麼新案子，怕是會把事情搞得一團亂。」

「這我知道，可是我真的想到不錯的提案。」

渡邉先生拿出夾在腋下的業務資料，無奈玄野常務連看都不看地站起來，一副亟欲逃離的模樣。

「嘖！反正要是有事，推給社長就對了。」

待常務步出辦公室之後，渡邉先生又回到一派目中無人的態度。

「栗丸先生，你倒是說說看啊！我們斷了和鶴屋的合作，真的沒問題嗎？」

「交易金額逐年減少，當然不能說沒問題。」

「別跟社長一樣只會講些不中聽的話。不管常務也好，鶴屋的部長也好，好歹也看一下我提的這份資料嘛！」

渡邊先生將手上的資料用力扔在玄野常務的桌上，便走回業務部。他對於別人不看他寫的東西一事也很懊惱，不是嗎？

我好想看。渡邊先生到底寫了什麼樣的資料啊？我趁栗丸先生不注意時，將那份資料挪過來，趁常務不在時趕緊偷看。開頭的調查資料看得我眼花撩亂，可是……

「每次吃包餡麵包，就會想起和父母一起回家、仰望蓋到一半的東京鐵塔那時候。」

「包餡麵包是去銀座散步時必買的伴手禮。」

看著這些深愛鶴屋包餡麵包之人的感想，真的好快樂。我也好久沒吃包餡麵包了，好想吃。

但一進入提案內容，就突然讓人讀得很痛苦。

不是「將品牌力發揮到最極致」，就是「最高級的商品」、「最頂級的商品」之類的口號；總之，就是用了一大堆「最」字，搞不懂哪個才是真正的「最」。而且提案內容寫得拖泥帶水，這裡應該分成三段比較好，還有這裡和那裡根本是在講同一件事……。

我開始用紅筆修改。虧他還敢拿這種東西給人看，渡邊先生難道不曉得「修潤」這件事嗎？

「紙屋。」栗丸先生叫我。我一抬頭，瞧見渡邊先生站在他旁邊。

「抱歉喔，那資料是我寫的。」渡邊先生說。

「你剛剛把心裡想的事全都說出來了喔！」栗丸先生也一臉詫異。

我決定豁出去了。應該說，在這種狀況下，別無選擇。

「渡邊先生，可以讓我修改這份資料嗎？」

「蛤？你不是總務部的嗎？又不是業務部的人，干你啥事啊！」

栗丸先生聽到這番話，一副想笑的樣子。八成在想，明明一直以來我不是幫業務部接電話，就是幫忙管理公務車吧。

「保證不會更動內容，只是修潤成比較容易閱讀的文章。」

「拜託！又不是寫小說。業務用的資料只要內容夠好就行啦！真是的，怎麼畫得滿江紅啊？看來只好重印了。」

事已至此，也沒什麼好顧忌了。

「就算內容再好，讀起來很痛苦也沒用啊！這種國中程度的文章，根本讓人家看不下去。」

渡邊先生一臉受傷。更慘的是，栗丸先生終於忍不住笑出來。只見渡邊先生像要一口氣宣洩累積許久的怨氣似的，冷不防抓住我的後脖子。

「你給我過來。」

五分鐘後就可以下班一事成了災難，我就這樣被渡邉先生挾持到那間常去的居酒屋表演模仿秀。「好痛苦喔～～」必須被迫不斷重複這句讓渡邉先生覺得很矯情的台詞。

「紙屋，你可真敢嗆渡邉先生啊！」

稍後才過來的其他大叔們，一邊撕著魚片，一邊笑著這麼說。渡邉先生看膩了模仿秀以後開始喝燒酒，那雙眼直勾勾地盯著我。

「紙屋，你有辦法讓對方看那東西，是吧？」

「不是有辦法讓對方看，而是改得比較容易閱讀。」

我那份能吸引別人閱讀的自信，就是被渡邉先生給徹底粉碎的。渡邉先生一邊用攪拌棒撥弄杯子裡的冰塊，一邊說：

「他不看啊！完全不看。真是傷腦筋啊！」

「常務嗎？」

「那種沒路用的歐吉桑就隨便他啦！我是說鶴屋商品部的部長。不管提案再多次，他都不理會，連試作品也不願意看。」

「就是啊！枉費榮倉那麼努力……」

其他大叔將魚片塞進渡邊先生的嘴裡。我從以前就覺得這間公司的業務部很像男校，簡直是一群老屁孩。

「所以，榮倉小姐正在試做的麵包是為了這次的提案嗎？」

「是啊！那個牛奶法國麵包，還有明太子法國麵包都是。」

原來這個提案是鶴屋麵包的年輕負責專員主動提出的。

聽大叔們說，負責這案子的是個長相俊秀的帥哥，滿腔熱情的他，希望能重振鶴屋招牌商品包餡麵包的名聲。

「他還說和我們最上製粉合作別具意義啊！」

業務部的大叔們好像很欣賞那個年輕小伙子。

我認識的某個男人也是如此。我喝了一口烏龍茶。那個人就是我哥，包容力十足，超有人緣，是個連男人都會欣賞的男人，當然也很有異性緣。

可惜深受大叔們欣賞的這位帥哥，因為人事異動的關係，春天時被調到國外。沒想到繼任者是個完全不同類型的人，渡邊先生還對我說：「就是像你這種傢伙。」

「也是工作能力很差嗎？」

「不、這點和你不一樣，他挺能幹的。只是每次他向上頭提案時都被打回票，他們的上司挺可怕的！我想他心裡應該在想，如果可以的話，真不想再做什麼簡報啦！」

「可是……為什麼被打回票呢？」

某位大叔喃喃自語。

「他不說啊！」渡邉先生點了一根菸。「我始終搞不懂。連我們部長都說乾脆放棄吧。再這樣下去我看情形不妙囉！」

這麼一來，就完全斷了和鶴屋麵包的合作關係嗎？明明我只是看過社史，又不是曾身處這段歷史洪流中，卻莫名覺得失落。

「所以啦，不是光靠改改文章就能解決的事啦！」

我又被指派負責叫醒搭末班車的渡邉先生，但因為我確信自己絕對會忘了打電話提醒他，所以斷然拒絕這項任務。就在我快到站時，渡邉先生睜著醉茫茫的雙眼對我說：

「紙屋，你去告訴榮倉，我們可能會和鶴屋終止合作關係這件事。」

「不要。」我說。沒想到喝醉的渡邉先生突然抱住我。

「榮倉那麼努力改良產品，總算做出那麼好的東西，最終卻得放棄，這種殘忍的事我實在說不出口。你挑個適當的時機告訴她吧！」

「直接誇獎榮倉小姐有那麼難以啟齒嗎？」

「誰叫她那麼惹人憐愛。我好歹也是個業務老鳥，面對你這種存在感薄弱的傢伙當然隨便都誇得出口，但唯獨面對她真的沒辦法。好！我知道了。我允許你修改那份資料。這可是特別通融喔！交換條件就是由你去告訴榮倉。」

面對性騷擾一事大言不慚的人，居然會為了這種事難為情？我看他這個人根本是非不分。

我回到住的地方，翻閱渡邊先生寫的業務資料。

得到他的首肯之後，我再次著手修潤。業務部的大叔們，還有前任帥哥專員做出來的提案標題是：

『重振鶴屋包餡麵包的名聲，打造以高齡者為目標對象的品牌』

就是這麼回事。雖然文筆不怎麼樣，提案內容倒是挺有趣。像我的那位新專員，難道不會想努力讓這個企劃實現嗎？

對了，說那個人像我是什麼意思啊？

明明工作能力一流，卻像我，是指沒什麼衝勁嗎？

算了，還是別鑽牛角尖了。我的任務只是把資料修改得比較容易閱讀。

問題是，光是這麼做就能讓提案過關嗎？我沒出席過那種會議所以不清楚。於是我擱筆，發了一封郵件給哥哥。

〈什麼樣的簡報才能讓提案順利過關？〉

遲遲沒收到回覆。

渡邊先生說擁有決定權的鶴屋麵包商品部部長很可怕。他應該是那種長年研發包餡麵包，氣質比較舊時代的人吧，所以才想和我們社長一起為包餡麵包這款商品劃下完美的句點。因為擔心萬一失敗只會傷及過往的光榮歷史，也就對新提案興趣缺缺了。

手機響起，哥哥回信了。

〈說得天花亂墜，設法打動對方就對了。〉

我不禁嘆氣。

這回覆果然很符合哥哥的作風，覺得自己辦得到，別人也沒問題。他從小就是個光芒耀眼的存在，耀眼到讓我始終不敢說：「你弟弟和你不一樣，根本做不到。」

——我想他心裡應該在想，如果可以的話，真不想再做什麼簡報啦！

腦中浮現渡邊先生評價新專員的話語。

大叔們都很稱讚那個像我哥的前任專員，相較於此，繼任者被說成像我，這點讓我很在意。

像我一樣嗎……？

我打開鶴屋的官網。

幸好官網有放社史，可以線上閱讀，真是方便。就像最上製粉當初歷經千辛萬苦才打下基業，社史應該也有講述鶴屋如何推出這款包餡麵包的歷程。我瀏覽著，不自覺地被深深吸引。

隔天一早，抱著一疊紙的我走向渡邊先生的位子。

「我改好了。」

「是喔。變得稍微比較容易讀，是吧？」

渡邊先生似乎因為宿醉的關係，感覺沒什麼精神。

「不是變得比較容易讀，而是修改得讓對方一定會看。」

我拉了一把椅子，坐在渡邊先生的面前。

「結果……我全部改寫。」

一直以來我面對渡邊先生時，總是畏畏縮縮、連話都講不清楚；但今天我花了一整晚書寫的熱情還在腦中盤旋，況且現在可不是緊張的時候。

「蛤？全部？你說全部？」

「因為我覺得要是不這麼做，根本無法過關。」

我將他寫的業務資料擺在他面前。

「前半部是調查分析結果，後半部突然變成提案內容，之所以用如此單純的架構寫這份資料，是因為渡邊先生對自己的口語表達很有信心，是吧？觀察現場氣氛，隨機應變，最後以熱忱決一勝負。」

「嗯，是啊！」

「……但是我這種人打死都沒辦法這麼做。要是我在會議室做簡報，肯定會因為太緊張，一口氣照稿唸完前半部的分析資料，結果就是讓大家覺得很無趣，聽得很不耐煩，感受到這種氛圍的我也就更說不下去了。」

參加這間公司面試時的我，就是這樣。

「繼任者就是我這種人，對吧？也許他工作一把罩，卻不擅言辭。」

「是啊！每次被我一問，他就怔住，真的很像你這種傢伙。」

「決定提案能不能過關的是他，不是渡邊先生，所以才會一直無法過關。我們要準備的資料不是給口才一流的人，而是給口拙之人看的。……我改寫成他照著念下去就可以的內容。」

我將改寫過的業務資料擺在渡邊先生面前，翻開封面，第一頁印著這排斗大的字：

『大部分的年輕族群都覺得鶴屋的包餡麵包口味過時。真的要停產嗎？可是這麼做實在太可惜了！』

「首先，要提出讓商品部部長感興趣的話題。」

吸引對方注意很重要，這是榮倉小姐教我的方法。

「然後，可以請你在這段文字下方附上佐證用的圖表嗎？我不太會用Excel……」

「知道啦！然後呢？」

渡邊先生急躁地催促，不過至少他有回應。

吃鶴屋包餡麵包長大、也以這款商品為傲的大叔們，聽到年輕人批評它「口味過時」，肯定很不爽，玄野常務也是如此，所以第二頁開始說明。

『可是對老一輩來說，鶴屋的包餡麵包依舊口味獨特。』

這排文字下方，敘述著看到包餡麵包就想到尚未竣工的東京鐵塔、去銀座散步時必買的伴手禮等，深愛鶴屋這款招牌商品之人的種種美好回憶。商品部部長看到這裡一定會想：「既然如此，為何銷量衰退呢？」

接著，放上前任帥哥專員做出來的市調結果。

『問題是，咀嚼能力衰退的年長者們因為咬不動，也漸漸不買鶴屋的包餡麵包了。』

因為以年輕族群為目標對象，而將麵包改良成比較彈牙的口感，反倒流失了年長者消費族群。如果把麵包做得入口即化、口感鬆軟一點，老人家應該就能接受，這是前任專員分析出來的結果。

『讓喜愛鶴屋麵包的老顧客能一直吃到最貼心的口感，現在就是需要這樣的麵包。』

推出起司丹麥麵包、牛奶法國麵包等種類豐富的麵包，吸引長照設施的大宗訂購。在這裡說明一下新提案的內容。

「最後不是要以我們的熱忱決一勝負，而是要打動商品部部長的心。」

我翻到下一頁。

第一次販售包餡麵包的店鋪、騎著自行車配送的員工，還有客人開心捧著包裝好的包餡麵包用來當伴手禮。這一頁貼滿從官網社史借用的老照片。

戰後，市面上充斥著品質極差的麵包。鶴屋的員工以製作出節慶時格外想吃的美味麵包為目標，日以繼業地研發產品。

『就算前輩們放棄鶴屋包餡麵包的歷史，我們年輕一代的社員也不想讓它就此結束。』最上製粉創辦人滿輝先生騎著偉士牌機車，一次又一次載著精心研發出來的麵粉前往鶴屋推銷一事，堪稱不屈不撓的最佳典範。

『與長年合作的最上製粉一起重新推出包餡麵包系列，打造最強的品牌故事。』還放上榮倉小姐的試作品照片，那是即便上了年紀、手勁沒以前強也能輕鬆撕開，美味更勝以往的包餡麵包，也是試了好幾種麵粉才完成的新企劃案商品。

「光是看這些醒目的標題就能達到簡報效果，至於詳細的調查概要、資料等，就以『參考資料』的方式附在卷末，有時間再細看就行了。這麼一來，詞窮之前就能結束簡報，如何？」

我抬頭，只見渡邊先生眉頭深鎖。

「居然能把我想說的話寫成這樣！可是只要磨練表達能力，不必寫成這樣也能說服對方，不是嗎？」

只有天生口才好的人才會這麼認為。

「有些人就算再怎麼努力還是做不到啊！」

我的聲音響遍整個樓層，怔了一下的我趕緊收斂音量。

「總之，請將這個交給那位新的負責專員。假如商品部部長肯看完的話，到時──」

我看向傳閱箱，裡頭放著那份還沒蓋上任何確認章的內容大綱。

「請渡邊先生也好好看我寫的那張內容大綱。只要看了，就會明白你對榮倉小姐示愛的方法完全不對。」

「蛤？你說誰不對？」

渡邊先生威嚇似的站起來。

不過，他倒是緊抓著我改寫的新提案資料。

加油！我望著那疊逐漸遠去的紙，默默聲援。

我明白很多人沒有閱讀習慣，但人並非完全不讀文字，只要寫著切身相關的重要內容，大家還是會認真地閱讀。

三天後，我又忙著影印報紙。

我在心裡邊哼著「這只是繪著文字風格圖案的紙」，邊將報紙放在原稿台上。輕輕壓下蓋子時，有隻手啪地一聲拍了一下影印機。

「啊！」

那隻手正中面板按鍵，二十三張、全彩，影印機就這樣開始自動大量地消耗紙張和碳粉。榮倉小姐對驚慌失措的我說：

「聽說鶴屋的商品部部長看了你寫的那份提案資料。」

「欸？真的嗎？」

忙著讓影印機停下來的我抬起頭。榮倉小姐的表情沒有一絲喜悅。

「看來紙屋先生的寫作能力又打動那些大叔了呢！」

她的眼神很恐怖。

「這樣不是很好嗎？你又贏了。」

「啊、榮倉妹妹，原來妳在這裡啊！下個禮拜我要帶試作品去鶴屋喔！」

「幹嘛喊人家妹妹啦！」榮倉小姐一邊苦笑地對走過來的渡邊先生這麼說，一邊撒嬌似的握拳道：

「我會加油的！」隨即步出辦公室。

我很想追上去解釋一番，絕對不是為了打敗榮倉小姐才寫那份提案資料。

「唷、紙屋。」但是渡邉先生搭著我的肩。

「好啦！我會看那本書啦！一天看一頁吧。」

「這樣太慢了。」

「啊、社長！」

渡邉先生心情很好似的朝社長室揮手。

「您聽常務說了嗎？要是順利的話，我們又可以和鶴屋繼續合作了。」

步出社長室的輝一郎冷冷地回了句「是喔」，旋即穿過走廊。是我太敏感嗎？總覺得輝一郎的眼裡蘊著怒氣。

下班回家時，我順道去了那家肉店。

猶豫著要買什麼之後，決定買個榮倉小姐推薦的可樂餅。獨自吃著可樂餅，總覺得心裡好悶。我趁吃東西時，上網瀏覽她的部落格。

有新貼文。

『紙屋先生盜用我的吸睛技巧，試圖讓別人認同他寫的東西』

酥脆的麵衣哽在喉嚨。其實就算不看完，也猜得到她會怎麼寫。

我的確用了榮倉小姐的吸睛技巧，但絕非盜用，是她主動傳授的。

我努力讓渡邊先生看書、花時間重做資料，都是為了榮倉小姐。難道她一點都感受不到我的用心良苦嗎？要是沒有她做的試作品，提案也不會通過，光憑這一點她就已經贏了不是嗎？難不成非得用文章一較高下？

〈為什麼女人這麼愛生氣啊？〉

傳訊息問哥哥後他馬上回信。

〈這是個永遠的謎。〉

連他也不知道嗎？

〈不過，能和你聊這種事，很開心。〉

我一邊和遠在地球另一側的哥哥互通訊息，一邊吃著可樂餅。果然應該買肉餅才對，心情低落時，吃肉餅就對了。我站起身來，想買點東西回家當晚餐。

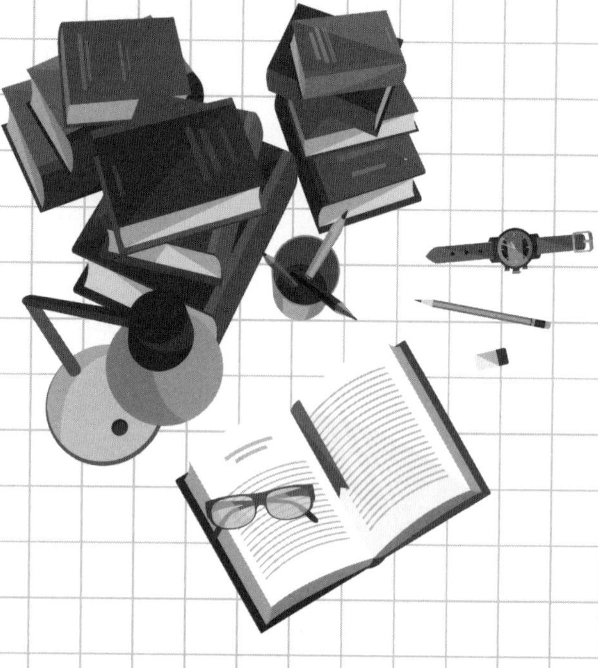

第三話

再見了，紙本文書

我打開印著「最上製粉」這幾個字、約莫自己背部一半大的紙袋，用腳踩著機器的控制桿裝填麵粉。當秤標示三十公斤時，就要放掉控制桿……理應如此。只見我「啊」地慘叫一聲，接著袋子裡的麵粉滿到溢出來了。

「紙屋先生，要不要休息一下？」

在製粉工廠工作的角谷先生問我。

「那個、真的很抱歉……」

我一道歉，工人們紛紛笑著說：

「沒關係啦！沒關係啦！」

「只要在總公司很努力就行了。」

也許他們心裡在想：「拜託！別把這個人分發到這裡來啦！」

所有人開始清掃。為了不妨礙眾人收拾善後，我緊貼著牆壁，看著他們先將地上的麵粉集中掃到一處，再仔細擦淨地面。

我因為研習的關係，來到位於近畿沿海地區的最上製粉工廠。

在嚴苛的十天當中，最痛苦的莫過於倉庫研習。頂著烈陽，先將積在船底的小麥集中掃到一處，再用從倉庫接出來的管子來吸取，這項作業絕對不是我這種習慣都會生活的飼料雞能夠忍受的。

不，更痛苦的應該是待在室溫四十度的義大利麵工廠吧。雖然每十五分鐘會到有空調的辦公室避難一下，但光是穿著長袖、長褲，頭戴安全頭盔、穿上防護靴站著，就已經滿身大汗，一天能減三公斤。

現在待的製粉工廠也不輕鬆。只要將製成的麵粉裝袋、往上堆疊就行了。問題是，一口氣抬起重達三十公斤的東西對我來說，根本就是酷刑，還不到中午就已經渾身肌肉痠痛。

想要休息一下也沒椅子可坐。我楞楞地望著那些和家母年紀相仿的歐巴桑們，輕輕鬆鬆就擔起麵粉袋的模樣。

這裡就是《最上製粉　一路走來充滿感謝的六十五年》照片裡的工廠。

當我知道自己要來這裡研習時，真的很興奮，但社史可沒記載工廠作業是那麼虐待肉體的工作。我看向出貨口，有隻貓將頭探進不知是誰擺的罐頭裡，好羨慕牠如此悠哉。

「紙屋先生，要不要去吃午飯？」

角谷先生走過來。

年紀約莫五十歲的他，是個有如走廊直角轉角般正直的人。角谷先生也是假名。我們在食堂排隊取餐時，他脫下安全頭盔、看著告示欄，上頭貼著總務部公布的安全標語徵選活動。

「每年都會辦這項活動，我寫的從沒被選上就是了……。被選上的話，就會製作成海報貼在工廠喔！」

角谷先生似乎想起我隸屬總務部，有點尷尬地搔著他那花白的頭髮。

「沒被選上也沒什麼啦！辦這個活動的目的是為了提高大家的安全意識，防止事故發生。」

防止事故發生。自從我來到這裡後，就常常聽到這句話，聽得耳朵都快長繭了。也許是看見我露出不耐煩的表情，角谷先生神情嚴肅地說：

「二十八年前，這裡曾經發生粉塵爆炸的事故喔！」

讀過社史的我當然知道。

成功與鶴屋麵包合作、最上製粉的經營也步上軌道以後，滿輝做了個重大決定，那就是蓋一座具有新式設備的工廠，產量遂跟著大幅提昇。

同年，最上製粉得到了比新工廠更珍貴的寶物，那就是第二代傳人的出生。取名良輝的第二代傳人，和日本經濟發展一樣順利地長大成人，進入最上製粉工作。他先在工廠工作了八年，三十歲時調至業務部，逐漸展露遺傳自父親的商業頭腦。就在如此一帆風順的這一年，發生了那起事故。

「當時我剛進公司不久，親眼看到那裡被大火吞噬。」

角谷先生指著窗外的草地。那裡是直到二十八年前都還在的舊製粉工廠所在地，後來才在現在的地方建蓋新工廠。

「是麵粉引發的爆炸事故，對吧？」

麵粉是每個家庭都會用到的食材。那麼微小輕盈的東西居然能摧毀如此巨大牢固的工廠，我還是不敢置信。

好像是火花引爆到達一定濃度的浮游粉塵，而產生大爆炸的樣子。擔任研習講師的老廠長和角谷先生一樣，看向舊製粉工廠的所在地說了句「我當時也在舊工廠工作」，但沒有說明事故的詳細經過。

社史也只有十行字簡單交代事故始末。工廠全毀，原料和等待出貨的成品全部付之一炬，可說損失慘重。

「嗯，麵粉也是一種很麻煩的東西呢！」

角谷先生摘下口罩。由於擔心粉塵會侵入氣管、引發過敏症狀，所以工廠員工都穿戴高機能工作服。雖然角谷先生不太想回憶那起事故，但可能是看我一副很好奇的模樣吧，只好勉為其難地開口：

「對了，意外事故發生時，業務部的渡邉先生也在喔！他和你一樣，也是從東京來工廠研習。記得是他高中畢業後進入公司的第四年吧，我們那時都是二十二歲的年輕小伙子。」

我從沒聽渡邉先生提起這起事故。

「所以他也親眼看到那場災難？」

「嗯……這個嘛，怎麼說呢……？」

就在此時，從工廠遺址的草地上竄出細細的煙。

「那是怎麼回事？咦？該不會發生什麼事故吧？」

「不是啦！那是個小小的焚化爐，總務部在燃燒可燃垃圾。」

對喔，今晚工廠這裡的總務部舉辦聚會。一想到晚上得和一大群陌生人交談，心情就很沉重。

用完午餐後，角谷先生說要去抽菸。因為社長最上輝一郎下令工廠「全面禁菸」，所以工廠的吸菸室移至腹地一隅。「往返一躺得花上五分鐘。」角谷先生苦笑著說。

栗丸先生神情陰鬱地迎接回到東京總公司的我。

「原本期待工廠的工作型態能讓紙屋有所發揮。」

難不成接到工廠那邊要我別再過去的電話？我頓時覺得很歉疚。

「看來你還是處理文字方面的工作吧！你可以參加這項活動嗎？」

栗丸先生遞給我的紙張上，寫著總務部主辦的安全標語比賽概要。

「參加？呃、我們不是負責主辦嗎？」

「要是投稿件數太少，這場比賽就難看了。所以總務部的每個人都要參加。」

意思就是……灌水？寫作能力也可以這樣出賣的嗎？

「反正你不用做其他事，就投稿五、六個標語吧！」

如果順利的話，還會被選上。第一名獎金三千日圓，第二名獎金兩千日圓，佳作的獎品聽說是一公斤的義大利麵。

「我會努力。」我頷首。

既然要參加比賽，就以拿到第一、第二名為目標。我曾經以讀書心得拿下佳作，這是我的文章得到過的最高評價，所以這次可不想落得連個佳作都沒有。

「紙屋，你說過你之所以常常出錯，是因為天生有著一看到文字就無法顧及其他事情的體質，工廠那邊有文字嗎？」

我思忖片刻。幾乎沒有，只有牆上貼著標語，紙箱上頭有商品名稱。不過我將麵粉裝袋時，只顧盯著印在紙袋上的公司名稱。

「其實與文字無關，只是你的腦子對於不感興趣的事情很抗拒，是吧？」

被栗丸先生這麼說，頓時覺得自己很膚淺。工廠的工人們辛勤工作到對麵粉起了過敏反應，我卻坐在辦公室吹冷氣，寫點文章就能拿薪水。

「我說過讓紙屋去工廠研習只是浪費經費罷了……」

被栗丸先生這麼碎念的我，剎時湧現一股焦慮感，心想自己至少要活用在工廠研習的經驗，奪下安全標語比賽的第一名才行。

可是，什麼是「安全」呢？雖然早上花些時間看了關於安全衛生的書，但只學到一件事，那就是無論哪種行業、哪種工作方式，都不可能處在百分之百安全的狀態。是這樣嗎？總覺得有點恐怖。

不過正因為如此，才要舉辦安全標語徵選活動，讓大家隨時提高警覺，盡量降低周遭環境的危險程度。

那麼，究竟要寫什麼樣的標語才能吸引評審的目光呢？雖說是評審，其實就是總務部部長。

就在我雙手交臂沉思時，午休時間到了。

飄來麵包剛出爐的香味。有人將核桃麵包放在桌上。

「請嚐嚐看吧！」

我抬頭一瞧，原來是榮倉小姐，她看起來心情不錯。

「我要上廣播節目了。」

「咦？廣播？」

「不過只是地方電台，就是那種只限當地才能收聽的廣播節目。」

那個節目的DJ因為看了榮倉小姐的部落格【書寫我待的這間沒救的公司】後覺得很有趣，所以打電話給她，邀請她上節目聊聊自己的部落格。

「明天就要上節目，實在太趕了。根本沒時間買衣服，好煩喔！」

蛤？我想起家中兩老。家父是氣象預報員，也是演藝人員，家母則是料理研究家，兩人不時會上電視，但也沒有穿得多體面，感覺就像春天大哥大嫂回國時，全家人一起去購物商場買東西時的穿著吧。

「廣播節目不用露臉，穿什麼都無所謂吧……」

聽我這麼說，榮倉小姐笑出來。

「紙屋先生一定很不甘心吧？我的文章得到網友以外的認可，所以讓你一臉憂鬱。」

任誰聽到要在廣播節目大聊特聊寫滿自己醜事的部落格，能不憂鬱嗎？

不過，榮倉小姐心情不錯是件好事，我也能因此受惠，有核桃麵包可吃。帶點苦味的核桃、甜甜的麵包口感，吃再多都不會膩。

「我喜歡這個。」

「這是要向鶴屋提案用的。口感鬆軟，入口即化，但我不希望只受年長者喜愛，因為美味的東西就是要滿足許多人的舌頭。我想做出比一般麵包更好的品質囉。」

聊起麵包的榮倉小姐給人沉穩又可靠的感覺，雖然她還年輕，卻是不折不扣的專業人士。

「……還是跟渡邊先生說說看呢？年輕人應該也會喜歡這款麵包。」

就在榮倉小姐喃喃自語時……

「紙屋！」

傳來渡邊先生的粗吼。他一看到坐在我旁邊的榮倉小姐，馬上露出綜藝八卦節目記者那種猥褻的笑容。

「哎呀！紙屋，你可別對榮倉妹妹出手喔！她可是我的準情人。」

講這種話肯定會被討厭，而且完全藐視人權。沒想到榮倉小姐竟然比平常更嬌柔地說：

「討厭啦！人家就說不是啊！」

受邀上廣播節目的效用可真強大。

「喔喔～對了，紙屋！你幫我寫個安全標語。」

「我為什麼要幫渡邊先生寫？」

「那比賽的獎金可是拿現金，不是和薪水、年終獎金一樣匯到戶頭。你明白這意思嗎？就是可以瞞著老婆大人，存零用錢啦！」

第一名的獎金是三千日圓。討厭看書的渡邊先生竟然為了這一點小錢而參加比賽，讓我再次深感已婚男人的皮夾被看管得有多嚴。

「還有，佳作不行喔！我可不想拿到一大堆義大利麵。」

「我又沒答應幫忙……」

「幹嘛這樣啦！之前明明沒拜託你，你也會幫忙寫啊！要是寫個安全標語都不能得獎，該怎麼辦!?你又沒別的長處。」

「紙屋先生可是拿過佳作喔！」

一旁的榮倉小姐嘟囔著。光是知道我憑讀書心得得獎一事，就讓她暗暗不爽。

「好啊！我幫忙寫，拿個第一名。」我忍不住脫口而出。

渡邉先生叼著菸，說了句「好好寫喔！」便信步走向吸菸室。

「什麼安全標語……還真是淨做些無聊的事呢！」

榮倉小姐喃喃自語。還不是因為妳常常說一些煽動我的話。

「就算得了那種獎，也沒人會注意吧？不過是變成無趣的海報，貼在工廠的昏暗走廊罷了。」

「話是這麼說沒錯，可是也有人很期待這種比賽。」

我想起角谷先生。就算沒能雀屏中選，光是發想標語一事就是在防止事故發生，所以也有人認真看待這場比賽。

我只是為了證明自己的文筆和獎金而參賽，這樣好嗎？突然覺得自己很膚淺，而且還替別人捉刀。

「對了、對了。」渡邊先生急急忙忙地走回來。

「工廠那邊品管部的大山也想拜託你。他來東京出差，現在在吸菸室抽菸。」

「呃、渡邊先生，那個、安全標語的事還是……」

「不是要你幫忙寫安全標語啦！是要寫公司內部報刊的專欄，跟我過去一趟吧！」

我看向榮倉小姐。

「呃……既然如此，就拜託榮倉小姐，如何？」

她可是部落格版主，那種東西不是很像專欄嗎？

榮倉小姐好像很為難的樣子，卻沒拒絕。

「幫忙代筆是吧？……好啊，可以呀！」她並未露出嫌煩的表情。

渡邊先生卻搖著手說道：

「不用麻煩榮倉妹妹啦！因為大山指名要紙屋幫忙。快跟我過去啊！要是在吸菸室待太久，可是會惹小輝不高興欸！」

待渡邊先生走遠，榮倉小姐說：

「指名……紙屋先生？」

我有股不好的預感。她又擺臭臉了。難不成我又做了惹人嫌的事？應該是吧。但此刻的我沒心思在意這種事，趕緊走向吸菸室。

渡邊先生和一位外型不錯的年輕男子並肩站在吸菸室裡吞雲吐霧。

「喔，你就是紙屋先生？我是大山。」

渡邊先生像在說自己似的，驕傲地介紹他畢業於國立大學農學院、擁有博士學位，老家在當地是坐擁大片山林地的望族。

「但他還是光棍一個，也沒女朋友。」渡邊先生說。

「不行嗎？」

大山先生移動他那雙長腿換了個站姿。

當然不行。女同事們面對如此黃金單身帥哥，還能定得下心來工作嗎？總算明白為何榮倉小姐會爽快答應代筆一事。

「你要是不趕快結婚，其他男人很傷腦筋啊！」

渡邊先生這番話讓我深有同感。

就像渡邊先生說的，大山先生想請我代為撰寫公司內部報刊的專欄。聽他說是受到廣宣室的請託，但卻寫不出來而不知該如何是好。

「不過，你寫過論文對吧？」

「沒錯、沒錯，就是關於粉塵爆炸的論文。」

渡邊先生代為回答。

「所以他才來我們公司，希望研究成果能有助於防止意外事故發生。年輕一輩不曉得好多年前的那場意外，公司內部也逐漸淡忘這件事，虧他還願意來。讚！了不起！大山真是個極品男人。」

渡邊先生捻熄菸，說了句「你們慢慢聊吧」，便步出吸菸室。

「那個、既然都能寫論文了，專欄文章應該也難不倒你吧……？」

「對我來說，需要大量查證資料的論文撰寫是件單純明快的作業，可是專欄文章必須展現個人魅力，也就是表現人性，不是嗎？」

大山先生嘆氣，仔細地捻熄菸頭。

「打從我進公司，不知為何就一直備受眾人期待，但其實……我只是個埋首於研究的阿宅，也不曉得怎麼和女人說話，像那種撩妹的招數我絕對做不來。」

「完全看不出來。」

「雖然爸媽幫我安排過幾次相親，但約會到第三次肯定被判出局，對方會說：『沒想到你這麼無趣！』」

「有這麼嚴重嗎……？」

我突然對他湧現親切感。

「我從來不和女同事聊工作以外的事，現在卻叫我寫專欄……這只會突顯我的無趣，也就更不會有女同事對我感興趣了。麻煩你了！請你幫忙代筆。」

「公司內部報刊的專欄通常都是寫些公司內部的事，不是嗎？可是我對品管部一無所知……」

「我們部門就是負責檢查商品，每天重複這樣的工作，如果只是寫這種事，那我也會寫。專欄必須寫得有趣一點……搞笑一點也行。我上禮拜的工作是驅趕跑進工廠的野貓，雖然基於安全衛生考量這是很重要的任務，但追著野貓跑這件事一點也不好玩。」

「……是嗎？」

雖然我腦中浮現的、他追著野貓跑的模樣，是有點怪怪的。

「真的一點也不好玩。」

大山先生又強調一次。

「渡邉先生讓我看了那份向鶴屋麵包提案的資料。紙屋先生的文筆真的很棒，看了很感動。」

「你過獎了，真的沒什麼……。我明白了。交給我吧！」

甚少被別人誇獎的我，就這樣答應了。

不過想想，長得這麼俊秀也挺辛苦啊！或許像我這種早早就讓人失望的傢伙，還活得比較輕鬆。

我掏出塞在口袋裡的手機，打開記事本功能。

「你大學時代曾研究粉塵爆炸一事，是吧？」

「嗯，是啊。我進公司之前就知道二十八年前那起事故。」

大山先生站直身子說道。

「既然專欄要寫得有趣些，寫事故的話怕是不妥吧……。畢竟工廠那邊有不少人都經歷過那起事故。」他接著說。

「我不是要寫那起事故，只是最近在想要怎麼寫安全標語，所以想知道防止事故發生的方法。」

「原來如此！這我可相當清楚！」大山先生突然雙眼發亮，身子也往前傾。

「為了不讓粉塵飛散，就要好好地打掃。雖然做起來很辛苦，但徹底清掃對於維護工廠安全衛生來說，真的很重要。」

難怪我不小心讓麵粉溢出來時，那些工人會那麼拚命地清掃。

「粉塵爆炸真的很恐怖，有一名消防員在二十八年前的事故中殉職。」

「哇！是喔。」

「渡邉先生也因為那起事故而受傷吧。我在研究室查找資料時，看到消防署的資料有詳細記載事故的傷者名單。」

渡邊先生那時的確為了工廠研習而前往大阪分公司。角谷先生說渡邊先生和他同年，當時二十二歲，但沒說他有沒有受傷。

大山先生捻熄菸，一臉嚴肅地說：

「因為研究而受到肯定、雇用的我，要肩負的使命就是防止事故再次發生。」

他那真摯的想法衝擊我的心。居然拒絕這麼優秀的男人，日本女性到底是哪根筋不對啊？我想，替他寫一篇有趣的專欄文章就是我的使命。

隔天，榮倉小姐為了上廣播節目請了半天假。上班時間無法聽廣播，不過為了心理健康著想，還是別聽比較好吧。

我望著存放在資料庫裡的歷屆得獎作品思索對策，但實在得不到什麼好靈感。

這些作品一看就知道絕非出自專業之手，實在稱不上優秀；倘若我還沒去過工廠，肯定會覺得它們很無趣。

『今年也將迎來盛暑夏日，補充水分很重要』

但光是看這個義大利麵工廠員工所寫的作品，腦中馬上浮現乾燥機噴出熱氣的情景，蘊含著唯有站在第一線的人才寫得出來的實際感受。我只不過研習了十天，就自以為是地高談安全這件事，這樣真的好嗎？當我湧現一股罪惡感時……

「已經寫過啦！」

渡邉先生邊說邊走進資料庫。

「今年也要寫。」

栗丸先生緊追在後。我好奇兩人到底在鬥什麼嘴，原來是栗丸先生要渡邉先生填寫災害發生時的緊急聯絡地址。渡邉先生堅持以前寫過，反正也沒變，所以沒必要再寫一次。

「以前的資料不是都留著嗎？我還認真地畫了地圖。」

「那已經是五年前的資料了。就像TUTAYA會員卡要更新一樣，要是不重新填寫，我們就無法作業。」

「至少要把我以前畫的地圖剪下來貼上去。」

「以前的文件資料都拿到舊工廠遺址那邊燒掉了。」

「不會吧……」

「社長下的命令。」

從去年開始將手寫資料上的必填事項輸入Excel表格後，紙本便燒毀處理，今後似乎將力行無紙本方針。

「怎麼可以說燒毀就燒毀呢？明明是別人認真寫的東西，對吧？」

渡邉先生尋求我的附和。栗丸先生卻補上一句：

「不過是一張表單資料。」

這倒是，我也這麼覺得。畢竟寫著地址和地圖的紙不可能永遠保存，不是嗎？此時，又有人走進資料庫。

是個約莫五十幾歲、身穿藍色西裝的男子。他那有別於日本人的氣質和颯爽的站姿，總覺得在哪兒見過。

「專務。」栗丸先生回頭。「您這次出差特別久，真是辛苦了。」

沒錯，他就是歐澤專務。輝一郎就任社長時特地挖角過來的大人物，之前好像是某知名乳製品製造商的歐洲分公司社長。

「專務，這位是總務部的新人紙屋。」

歐澤專務看向我，上一次見到他是在面試時。我好緊張，因為專務和栗丸先生一樣沒讓我面試過關。

「喔，給鶴屋的proposal就是你寫的？」

他的英語發音真好聽。對了，面試那時他說話也是夾雜著英語。

「與其說是our president有著能看出employee talent的insight，不如說是just by accident吧。」

聽得我冷汗直冒，完全聽不懂他在說什麼。專務又說了句：「對了。」

「栗丸先生，你告訴紙屋先生那個。」

那個是什麼啊？我求救似的看向栗丸先生。

「專務一定會提醒剛進來的新人……那就是社長很討厭開口閉口都愛摻英語的人，所以能用日語表達的事情，要盡量用日語表達。」

「呃……？喔、是……」

我本來就只說日語。

「我也常惹President生氣就是了。」

歐澤專務總算離開資料庫。

我又求救似的看向栗丸先生，只見他悄聲嘆氣，說道：「他總是無意識地脫口而出。」

「其實專務並不是故意摻英語，社長也很傷腦筋，但他就是改不了。你就姑且listening吧。」

「可是……」

栗丸先生的英檢一級也許沒問題，但我只有英檢三級的程度。

「專務連板書都寫英文，你只能看著辦。」

渡邉先生語帶不屑地說。

「小輝還真是帶了個討厭鬼進來啊！」

一臉事不關己地這麼說的渡邉先生，步出資料庫。歐澤專務負責帶領的管理部門底下，有財務部與總務部。

「專務雖然有點特立獨行，但自從他進來後，我們公司的營收可是大幅提昇，管理制度也逐漸步上軌道。」栗丸先生說。

像是全面禁菸、無紙本化等，都是在歐澤專務的主導下進行的。

不過，聽說他和負責帶領生產部門、作風老派的玄野常務不合，也就是所謂的派系鬥爭。栗丸先生當然是社長、專務這邊的人馬，所以我進總務部時好像被自動歸類為社長、專務派。總之，我也不太清楚。

「我覺得歐澤專務應該比渡邊先生容易搞定吧。」

我不懂栗丸先生這番話是什麼意思，於是趁午休時發了封郵件給哥哥，向他討教一番。

〈話語的牆壁就是心的牆壁啊……〉

難得他的回答如此氣弱游絲。哥哥隨即又傳「你看電視了嗎？」的訊息。

我打開休憩室的電視，剛好正在播放午間新聞，畫面中出現哥哥蓋的大樓一樓冒出烈焰的影像。幸好火勢立刻撲滅，但起火原因似乎是當地業者亂丟菸蒂所致。

〈業者之間飄著一股疑心生暗鬼的氛圍，我得設法平息這場風波才行，怎麼說呢？就是要想辦法提昇士氣吧。真是傷腦筋。〉

一起意外事故深深傷害了人際關係啊！我一想到哥哥的心情，忍不住長嘆一口氣。為了防止意外事故發生的安全標語……愈想愈難。我邊想邊步出休憩室，榮倉小姐恰巧上樓。

「啊、廣播節目如何呀？」

榮倉小姐用陰鬱的眼神瞅著我。

「紙屋先生，你這話是什麼意思？」

她的樣子不太對勁，我識相地閉嘴。榮倉小姐買了自動販賣機的可樂，閉著眼一口氣喝光後，說了昨天的事。

僅僅錄了五分鐘的樣子，而且從頭到尾話題都圍繞著「紙屋先生」打轉，主持人甚至還說下次帶紙屋先生一起來上節目。

「結果完全沒提到我的事。」

這也沒辦法不是嗎？最近她的部落格都是寫「紙屋先生」的事。因為版主「Ａ員工」怕身分曝光，所以完全沒提及自己的事，也難怪ＤＪ沒話題可聊。

「妳寫自己的事不就好了？……像是聊聊麵包試作品之類的。」

「這種話題很無聊耶！」

榮倉小姐丟掉手上的可樂空罐。她雖然火冒三丈，卻還是記得要垃圾分類。

「其實我以前寫過關於麵包的事……可是點閱率遲遲沒提昇，也沒人留言回應，根本沒人感興趣，所以我就不寫了。」

「可是我想看。」

「就算紙屋先生想看，但點閱率沒上升就沒意義呀！所以不能寫關於麵包的事，必須聊些更刺激的話題才行。」

「蛤？意思是寫渡邊先生性騷擾、我失態的事，點閱率就能上升嗎？不是因為希望公司有所改變才寫的嗎？」

「你們兩個可是素材的寶庫呢！」

榮倉小姐說出這句語帶諷刺的話之後，隨即低下頭。

我沉默無語。原來我只是被當作素材啊？所以對榮倉小姐來說，最上製粉繼續當一間沒救的公司比較好嗎？

「你那失望的表情是什麼意思啊？反正紙屋先生也不在乎這間公司會變得如何啊！」

「沒這回事。」

她根本就是在亂發脾氣。

「那你為什麼不認真工作？其實你可以做得很好，不是嗎？我看到那份提案時就在想，你明明能力很好，為什麼故意裝作什麼都不會，八成是想避開不想碰的工作吧？」

「不是這樣，妳太看得起我了。」

真的不是這樣。我真的很笨拙，自己也不明白為何如此笨拙，而且無論身處哪個職場都不被理解。

「反正只要自己寫的東西得到肯定就行了。用安全標語拿個獎、幫大山先生寫專欄也能被肯定，是吧？被人家稱讚很厲害、有一套的感覺很爽吧？」

榮倉小姐忿忿地奔下樓，應該是回到一樓的研發室繼續做她的試作品吧。榮倉小姐做的是有別於我、值得誇耀的工作。

我的工作沒什麼值得誇耀的。她的那番話像把鋸齒狀的麵包刀，深深刺進我心中。

被渡邊先生和大山先生誇獎、信賴，的確讓我欣喜……難道不行嗎？有什麼不對嗎？我也只有這個長處啊！

我回到資料庫瀏覽過往的文件資料，不單是為了找尋安全標語的靈感，也得構思那篇專欄的主題才行。

我突然瞥見書架上的一整排相簿，好像是依年份保存自一九四九年創業以來的公司照片。我看著書背，也有一九八九年的相簿。……就是發生粉塵爆炸事故的那一年。

我翻看相簿，連一張事故發生當天的照片也沒有。也是啦！眾人不顧死活忙著救人、滅火，誰還有閒情逸致拍照。我深切反省自己這種看熱鬧的心態。就在這時，有張照片躍入我的眼簾。

背景是被燒毀的工廠，兩名年輕員工並肩站著，一位約莫三十幾歲，露出充滿野心的笑容，還對著鏡頭出拳；另一位長相俊朗、看起來更年輕的青年則對著鏡頭開懷地啃麵包，從短袖襯衫露出來的手臂上纏著繃帶，照片下方標記著「七月三日」。

這張照片拍攝於事故發生後的隔天，明明發生如此慘事，兩人卻對著鏡頭燦笑，而且是站在瓦礫堆前。

事故發生當時的照片只有這一張，我用手機拍下這張照片。也許當時人在事故現場的渡邉先生知道些什麼也說不一定。

「我在找安全標語的靈感，想向您請教一些事。」

渡邉先生聽到我的請求，說了句「虧你還真是有心啊！」便帶我去居酒屋。其實在會議室聊聊也行，不過他說：「我請客，但你一定要讓我得獎喔！」

為了賺酒錢而參加比賽、想贏得獎金，卻又為了贏得獎金而花錢請客，總覺得這邏輯怪怪的，我看他只是想找藉口喝酒吧。其他業務部大叔也湊趣。

我用手機秀出剛才拍的照片，「好懷念喔！」大叔們的情緒頓時變嗨。

「渡邉先生以前好可愛。」

「歲月真是一把殺豬刀啊！」

大家邊看照片邊起鬨。

「這個人是渡邉先生？」我驚訝地問。

照片上那位纏著繃帶的年輕員工……對了，記得大山先生說過，渡邉先生在那起事故中受了傷。這位俊朗青年真的是渡邉先生？

「現在完全走鐘囉！」

大叔們哈哈大笑。

「爆炸當時您在工廠，是吧？被那起事故波及的嗎？」

「沒什麼啦！」

渡邉先生的態度意外地平靜。只見他瞇起眼，看著照片裡另一位年紀較長的員工。

「渡邉先生那時跟著阿良先生一起衝進火場呢！」

其他大叔們感觸良多地說。

「阿良先生是指最上良輝……第二任社長嗎？是照片裡比較年長的這位嗎？」

「那時他待的是業務部。」

渡邊先生指著照片一隅。

「辦公室在這一棟。那天，我和阿良先生在這裡開會。」

就在那時，傳來巨大的爆炸聲。

聞聲衝到外面的他們，看見工廠冒出烈焰，兩人奮力和消防隊一起滅火，無奈火勢還是波及到倉庫。

倉庫堆滿等待出貨的商品，要是燒毀的話損失可就大了。就在渡邊先生心急如焚時，良輝先生用水潑濕自己，準備衝進火場。「阿良先生！商品還可以再做，命只有一條啊！」渡邊先生拚命阻止，良輝先生還是不聽勸。

——倉庫裡頭有很多照片，那是創業以來我媽親手拍的員工照片、還有底片，要是燒了就什麼都沒了。

「雖然我一直勸他別管照片……」渡邊先生邊喝啤酒邊說。「阿良先生還是衝進火場。」

「所以，渡邊先生也跟著衝進去？」

「良輝先生可是繼承者啊！而且是老社長好不容易才盼來的孩子。」

就因為這樣？我想起哥哥蓋的大樓發生火災的影像。要是我看到他不顧一切衝進火場，我是不是也會跟著衝進去呢……？

「渡邉先生從以前就是下半身比腦子先行動囉！」

「結果被消防隊狠狠訓了一頓。」

大叔們呵笑。

良輝先生與渡邉先生只從陷入一片火海的倉庫搬出裝著照片的箱子。沒想到奔逃時，渡邉先生的手撞到機器，因而負傷。

「為什麼……拚了命也要搶救那些照片？」我問。

渡邉先生撫著啤酒杯的杯緣，說道：

「那時我也不知道為什麼，後來阿良先生說……要是連回憶都燒光了，員工要憑什麼重建工廠呢？」

那年剛好是創社四十周年。為了一個月後即將舉行的慶祝活動，創社以來的照片和底片在事故當天碰巧都放在倉庫，準備送去沖印店做放大輸出。

「燒毀的製粉工廠啊……蓋這座工廠時，公司的規模還很小，資金也不充足。雖然引進最新的機械，但機房的天花板還是用鐵皮搭的，而且是員工們親手搭建的。」

渡邊先生的話匣子停不了。

「沒想到全都化為灰燼，老廠長難過得連站都站不起來。不過，阿良先生還年輕，還是不改開朗的個性，誓言守護最上製粉的歷史，決心以最快速度重建工廠，一直鼓舞著大家。我們業務部將堆在卡車上的麵粉搬下來，說要用汽油桶烤麵包，記得當時角谷先生還說我們是不是瘋了。不過啊，費了一番功夫才烤好的麵包真的超好吃啦！」

就是照片裡渡邊青年啃食的那塊麵包嗎？一旁正值壯年，準備大顯身手的良輝還對著鏡頭出拳，笑容燦爛的兩人身上毫無悲壯感。

「……紙屋，你幹嘛哭啊！」

「我沒哭。」

我別過臉，其實我的眼眶濕濕的。

內心滿滿的感慨。所以，《最上製粉　一路走來充滿感謝的六十五年》裡頭那些老照片，是良輝先生冒著生命危險搶救出來的嗎？

如此有勇無謀的行為絕對不可取，還讓年輕部屬負傷，要是現今時代，肯定飽受輿論抨擊。但對於當時的員工來說，是多麼振奮人心啊！

「發生過這種事，工廠那邊的人竟然什麼也沒說。」

「可能是因為第二次爆炸時，有名消防員因此殉職的緣故吧。……畢竟波及到外人，實在很難啟齒。」

因為不是什麼可以傳世的美談、英勇事蹟，所以社史上也隻字未提。

我和渡邊先生在電車上道別後，一邊思索，一邊走在回家的路上。

角谷先生說過，發想安全標語一事本身就是為了防止事故發生，所以就算自己的作品沒被選上也無所謂。想想，果然這種事不能找人代筆，還是拒絕渡邊先生的委託吧！畢竟，要是不自己發想就沒意義了。

——反正紙屋先生也不在乎這間公司會變得如何啊！

我被榮倉小姐的這句話喚醒，還真是一語道破。其實我只想著發表自己的文章，不是嗎？自己究竟能為這間公司做些什麼？我望著夜空思忖著。

陰沉的夜空看不見星星，倒是高掛著月亮。

聽渡邊先生說，二十八年前事故發生當天，火勢直到午夜過後才完全撲滅。所有員工、不分部門，大家全都累得癱坐在積滿水的地上。因為電線燒毀的關係，廠房腹地內沒有任何燈光照明，四周籠罩在一片黑暗中，只有消防車的車頭燈照亮焦黑的瓦礫堆。每天努力用拖把打磨出來的地板、像呵護自己的孩子般保養的機械，那裡充滿著只盼時光能倒轉的種種回憶。

直到覺悟到必須面對現實為止，員工們只是默默仰望比平常看起來還要皎潔的月亮。

隔天早上，我發了一封郵件給大山先生。

「我仔細想了想，還是應該由大山先生親自書寫專欄，就算別人覺得無趣，那又何妨？就像要是和不愛自己原本模樣的女性結婚，那這婚結得一點意義也沒有，不是嗎？」

我這麼寫道。

「不過，我覺得一定不會很無趣啦！這樣好了，你寫好原稿之後請讓我看一下，我會幫忙讓文章變得有趣些。」

各自擁有專長、堅守崗位的員工，他們用笨拙卻真心誠意的文字書寫公司。

社史也是這些書寫內容的其中之一。明明我是因為看了社史、喜歡上這間公司，現在才會在這裡，我卻一直忘了這件事。我不只喜歡寫東西，也很喜歡閱讀。

我想看看在品管部恪遵職守的大山先生書寫的文章。

下午，我以感謝研習期間給予諸多照顧為藉口，發了一封郵件給角谷先生，文末還寫道：

「我從渡邊先生那裡聽聞當年的事故。我也會參加安全標語的徵選活動，不過，我想應該有那種只有目擊當年事故的人才寫得出來的標語吧。祝福您這次能入選。　紙屋」

我寄出信件，並祈禱一切能順利。

兩週後，我得意洋洋地將栗丸先生交給我的新海報貼在牆上。

帶著與有榮焉的心情，我看著角谷先生奪得第一名的安全標語。

『每次出門上工時，都會瞧見工廠後面有火』

渡邊先生站在海報前。這個人也親眼目睹二十八年前那場火災，想必他也深有同感吧。就在我這麼想時，一雙銳利的眼睛望向我。

「說好的獎金呢？」

我嘆氣，將頒獎儀式上拿到的信封遞給他，裡頭裝著二千日圓。

「謝啦！多謝紙屋囉。」

雖然我拒絕代筆，渡邊先生還是硬坳我答應，要是得獎就把獎金給他。

我的作品拿到了第二名。

『別忘了那起事故，要勤快打掃』

就是這樣。想了很多，總算成形，不是佳作就很萬幸了。

渡邊先生一接過獎金，馬上塞進胸前口袋。

「大山的專欄寫得很不錯呢！聊的是如何驅趕野貓的對策。尤其是揪出餵貓犯人的那一段，讓人看了也跟著心跳加快。」

「沒想到犯人竟然是品管部部長，對吧？」

「還有那段要將貓交給收容中心的前一天晚上，他抱著被捕的貓，苦惱又難過的模樣好催淚啊！」

我建議他這段應該投入最多情感來寫，所以聽到渡邊先生這麼說，我也很開心。

為了讓海報搭上公司便車、載送到工廠，我走下樓梯來到一樓，碰巧遇見榮倉小姐。

「……紙屋先生有幫忙修改大山先生寫的專欄吧？」

我點點頭。榮倉小姐嘆氣，說了句：「果然。」

「沒想到大山先生寫的事情那麼有趣。……什麼擔心將貓放生到老家後山會擾亂生態，因此還特別拜訪大學研究室詢問專家等等，就連這些讓他苦惱的事都誠實地寫出來，讓人不禁對他萌生好感。」

既然榮倉小姐都這麼說了，看來大山先生總有一天會在公司找到另一半也說不定。就在我吟味完成任務後的爽快感時，榮倉小姐冷不防掏出一張紙。

「這是從部落格刪掉、之前提過的那篇關於麵包的文章。」

「啊、真的嗎？」

我接過那張紙。好開心，好想看這篇文章。

「我想聽聽紙屋先生的感想。」

雙頰泛紅的榮倉小姐悄聲這麼說，隨即走進研發室。因為事發突然，我整個人怔住。……天啊！她剛剛超可愛。

就在這時，傳來一聲「紙屋」。我回頭，有個身穿藍色西裝的男子站在那。是專務。我趕緊站直身子，擺出一副洗耳恭聽的模樣。

「我希望那個paperless的project繼續進行。總之，要quickly。Photographs、corporate history，諸如此類。」

「呃……」

我一時語塞，不是因為聽不懂英文。去紙本化、快點、照片，還有社史。這些全都是我聽得懂的單字。

「意思是，全都作廢嗎？」

我想起位於工廠遺址的焚化爐，還有從那裡竄起的陣陣黑煙。

「如果digitize的話，原本的就不需要了，不是嗎？」

我不由得握住塞在口袋裡的手機，裡頭存放著我用手機相機功能拍下的、事故之後的那些照片。

一旦數位化之後，的確就不需要留存紙本了。

可是……。

專務是叫我將良輝前社長和渡邉先生冒死從火場搶救出來的那些照片，再次扔入火中嗎？新來的這名主管，對於公司一路走來的經歷又瞭解多少呢？就在我這麼思忖時……

「Our president 討厭舊東西囉。」

歐澤專務露出一抹諷刺的笑容後，步出公司。

輝一郎說他討厭嗎？

這是輝一郎的指示嗎？祖父一手創立、父親一心守住的，這間公司的歷史和所有老舊的東西，只要用數位的形式留存就行了……。我就這樣呆站了好一會兒。

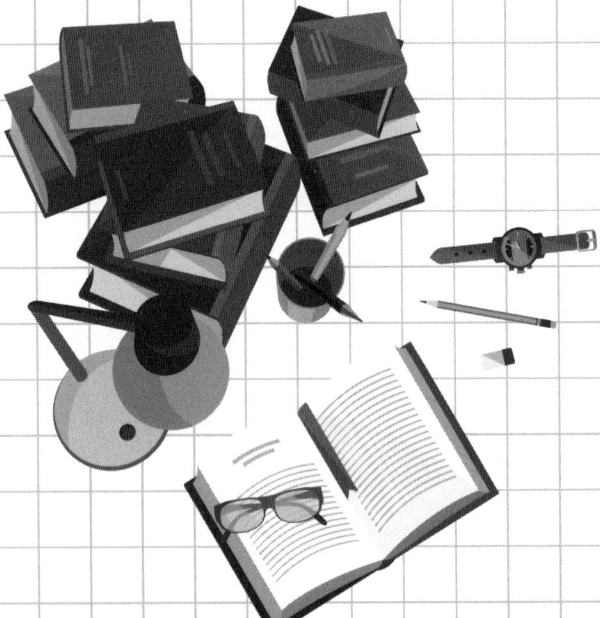

第四話

書寫實情的公司內部文件

栗丸先生用藏在鏡片後頭的雙眼炯炯盯著「渡邉」這個手寫字，說了句「這張有問題」，便將貼有收據的請款單還給我。

「這張請款單肯定是渡邉先生自己寫的。」

從上週開始，我負責處理東京總公司所有員工的請款單。

雖然栗丸先生認為數字也是屬於文字的一種，但我好幾次都沒察覺收據和請款單上的金額不一樣。他似乎覺得這樣不行，因此在提交給會計之前，決定自己再確認一次。

「你覺得日本國內有幾個人能正確寫出渡邉的邉這個字？」栗丸先生說。

其實渡邉先生這名字在本書裡並不是假名。以讀音來看不是什麼特別的名字，榮倉小姐的部落格也是用本名「渡邉先生」，但被栗丸先生指出來的這個「邉」字確實很特殊。

「而且這家店是菲律賓人開的酒吧，他帶我去過一次，那邊的店員不太會寫漢字，所以收據上的姓名欄都是空著。我看他八成利用這一點，將自己的私人玩樂拿來報公帳吧。」

栗丸先生見我一臉詫異，悄聲嘆氣。

「你要是不信的話，就去告訴他要寫明是招待哪家公司、哪個人才能申請，他應該會說那就不用申請了。」

雖然我相信栗丸先生，但還是走向位於樓層東側的業務部，按照栗丸先生所說的告知渡邉先生，他果然回答：「那就不用申請了。」

「想說讓紙屋負責處理請款單，就能放鬆對我們的警戒心。哼！栗丸這傢伙可真陰險。」

渡邉先生毫無悔意。故意模仿女性的筆跡，企圖申報假公帳，這種事要是被工廠那邊的總務部抓到，肯定會被懲罰不是嗎？

「渡邉先生取消申請。」

栗丸先生聽到我的回報，臉上露出一抹淺笑。看來應該還沒往上呈報，光是識破渡邉先生的詭計就讓他心滿意足的樣子。

「渡邉先生和栗丸先生一向處不來嗎？」

我一邊將裝滿過往文件資料的紙箱拉出來，一邊問榮倉小姐。

因為我不太會操作掃描機，處理文件資料數位化一事進行得十分龜速，失去耐性的歐澤專務遂命令榮倉小姐協助我。

榮倉小姐隸屬研發部，本來就不受管理部管轄，但在員工數不多的東京總公司，專務等級的高層人士所下達的命令還是不得不聽從。

「該說是處不來嗎？業務部和總務部本來就立場對立。」

榮倉小姐臭著一張臉，用掃描機掃描公司內部的古早規定。

「我說你啊，可不可以不要每張紙都看過一遍啊？這樣會拖延處理速度。」

「啊、對不起。」

我將手上最後一張寫有公司內部規定的紙遞給她。其實只要機械化地掃描文件資料就行了，但我還是忍不住先看一遍。

公司是由各式各樣的文件資料組合而成的呢！我再次體驗到這種趣味感。

好比根據古早時代的公司內部規定，員工一旦被調職，原則上就必須聽從；但時至今日，增加了只要員工願意降薪一成，就能留任原本的單位、不必調職這條規定，所以愈來愈多女性就算結婚、生產還是繼續工作。

正在掃描最後一頁的榮倉小姐說道：

「業務部一向認為只要能提昇業績，做什麼都行，但總務部怎麼可能允許業務部為所欲為。聽說渡邊先生剛進公司時，業務部超強勢，當然看現在淪為社長打手的管理部門很不順眼囉。」

我想起二十八年前，事故發生隔天的照片。年輕的第二任社長良輝與渡邊先生對著鏡頭，露出「我們就是公司頂梁柱」的表情。

「可是時代變了。只要做出高品質的東西就行的時代已經結束。現在的消費者對於食物還要求附加價值，像是有益於健康、方便、社群平臺曝光度高之類，我覺得現在是研發部身負重責的時代囉。」

我在思索別的事。

剛才我聽到渡邉先生的事之所以那麼驚訝，不是因為知道他偽造請款單上的署名，而是聽到他曾帶栗丸先生去過那間菲律賓人開的酒吧。應該是渡邉先生主動邀約的吧？但實在很難想像那兩個人把酒言歡的模樣。

我搖了搖頭。榮倉小姐按下掃描機的停止鍵，看著我問道：

「那個……你看了嗎？」

她是在問拿給我看的那篇關於麵包的文章吧？

「啊、那個、因為我這陣子忙著處理資料數位化……」

「連這種資料都能讓你不惜停下手邊工作盯著看，不是嗎？」

榮倉小姐將掃描完成的文件資料用力塞給我，快步離開。

我嘆氣，從口袋掏出一張折起來的紙，就是她影印給我的那篇文章。其實我拿到後便馬上看了，只是一直在想該怎麼表達感想，就這樣一天過一天。我攤開紙，又看了一遍。

文章的標題是『埋首製作麵包的每一天』。

「我覺得自己很幸運，研發部前輩和同期的同事都是一流的專家，也教導我很多事。但前輩總是把困難的工作派給我，讓我很困擾。同事們似乎也不認同前輩這麼做，刻意和我保持距離。明明我只是專注地做麵包，卻徒增煩惱。」

感覺這篇文章就是在強調自己明明只是平凡人，卻被周遭人特別對待一事，從頭到尾只提到過一次「麵包」。……這叫【書寫我待的這間沒救的公司】的粉絲們也很難給什麼留言感想吧。

榮倉小姐究竟抱著什麼心態寫下這篇文章？從字裡行間感覺到前輩們想栽培榮倉小姐，為什麼她不坦率表達自己的喜悅呢？

遭到同事排擠一事，該不會是她自己想太多吧？記得我去工廠研習時，曾和榮倉小姐共事的那些人還對我說「幫我們跟榮倉小姐說一聲，歡迎她再回來這裡研習」，十分真誠的樣子。

她的這篇文章到底想表達什麼？昨晚我試著詢問哥哥的意見。

〈她應該是想誇耀自己有多優秀吧。〉

傳來這樣的回覆。

〈可是又怕別人覺得她很臭屁，所以故意裝謙虛，想聽到你對她說：「沒這回事，妳的確比他們都優秀。」〉

榮倉小姐本來就很優秀，根本無須我誇讚，不是嗎？就在我這麼想時，又收到郵件。

〈雖然老實回應是最好啦！但要是想吊她胃口的話，就緩一下再跟她說你的感想吧。〉

在等待別人的回應時，確實會很在意對方的一舉一動，畢竟我也曾經有陣子滿腦子只想著渡邊先生的事。等等，我想到哪兒去啦！我搖搖頭。不是為這目的才找人商量，只是想好好把我的感想告知對方。

但為何像榮倉小姐這麼優秀的人，也需要得到別人的誇讚呢？

一拉出紙箱，隨即揚起灰塵，我發現箱子上寫著「作廢」。照理說應該已經處理掉了，可能是有人忘了，就一直放在這裡吧。正當我邊咳嗽，邊用抹布拭去塵埃時……

「啊、這箱是玄野先生的。」

渡邊先生走過來，蹲在我身旁。

我打開一看，最上面的文件資料蓋著「玄野」的印章，真的是玄野常務的東西。

「上頭明明沒寫名字，您為什麼知道是常務的？」

「憑直覺啊！我在這方面可是天才等級哩！」

「喔……」

我敷衍回應的同時，心想會稱讚自己的人好像比較容易搞定，至少不用花心思猜他在想什麼。

「因為啊……作廢這兩個字是我寫的。」

渡邊先生嘻笑。

「玄野先生要調到工廠時，託我幫忙丟掉，結果我忘了。」

我一直覺得渡邊先生除了分內工作之外，做其他事都不行。

「玄野常務待過東京總公司？」

「嗯。可是他和小輝處不好。玄野先生啊，堪比以前的學徒，高中畢業後就進這間公司囉。他還接送過念幼稚園時的小輝呢！粉塵爆炸那時也是……」

渡邊先生邊說，邊從紙箱拿出大學生用的筆記本。

「事故那時發生什麼事？」

渡邉先生翻著筆記本，沒回應。我瞥見封面寫著「極機密」的字樣。
「翻看這個不太好吧？」
「寫著極機密，反而教人更想看，不是嗎？」
渡邉先生一副準備八卦什麼的樣子，把我拉到房間角落，壓低聲音說：
「我聽說玄野先生在筆記本上寫滿對小輝的恨意。」
「對社長的恨意？」
我想起玄野常務曾向我抱怨輝一郎。
「聽說有女孩子瞧過，但因為內容太陰沉，實在看不下去，肯定就是這本吧。」
我翻開筆記本，裡頭埋著密密麻麻很有個性的字，幾乎沒什麼留白，光看就讓人差點窒息，渡邉先生應該也這麼覺得吧。
「字太小，我又老花眼，看不清楚。紙屋，拿去扔了吧！」
他把筆記本塞給我，步出資料庫。
我花了兩個小時用碎紙機處理掉紙箱裡的文件資料，只留下那本筆記本。因為我很好奇輝一郎到底有什麼事讓常務大書特書，想說多少看過之後再扔，便先收在自己的置物櫃。

午休時分，想看那本筆記本的我正要打開置物櫃。

「紙屋，你有帶西裝外套嗎？」

栗丸先生喚我，我點點頭。

「你馬上準備一下，跟我出去一趟。」栗丸先生說。

我趕緊從置物櫃拿出西裝外套穿上。他要帶我去哪裡啊？

我們一步出辦公室，栗丸先生瞧見爬樓梯上來的渡邉先生便道：

「借一下業務部的公務車。」

一派理所當然的模樣。

「蛤？可是我下午要送三公斤樣品去客戶那裡。」

「中川超市好像要停止營業的樣子，不過還沒放出破產消息就是了。」

只見渡邉先生面色鐵青，「啊!?」地驚呼一聲，整個人怔住。

上車後，我還來不及扣好安全帶，栗丸先生便踩油門。拜他之賜，我的頭撞上椅子的頭枕。

雖然他有遵守速限，但每次紅燈停車時都會神經質地不停眨眼，直盯著車前窗。

「我們要去做什麼？」

途中接了好幾次中川超市打來的電話。他們的社長似乎是位個性溫和的歐吉桑，說起話來不像學校餐廳的工作人員那樣連珠砲，也不會兇巴巴的。

「我們賣給他們不少做熟食用的炸雞粉，所以應收帳款的金額不小。因為東京沒有法務室，我得負責討回這筆帳款才行。」

「原來如此……可是破產不就表示他們手邊也沒什麼錢嗎？」

「至少手邊還有這禮拜的營收。……我之前就覺得不太對勁，沒想到今天早上超市真的沒營業。」

栗丸先生從上衣口袋掏出一張紙，扔到我膝上。

是一封傳真，上頭赤裸裸地寫著中川超市的現況，像是「員工的薪資遲發」、「走到店後一瞧，好像沒有進貨的樣子」等。

「我委託徵信社暗中調查中川超市是不是有倒閉破產的跡象，再向我回報情形，就怕要是比其他債權者遲一步，帳款就收不回來了。」

竟然有公司在幫忙調查這種事啊？我瞬間覺得背脊發涼。

車子駛抵目的地。雖然是個人經營的超市，規模卻頗大，緊閉的鐵捲門上貼了一張寫著「停止營業」的通知。

「要是不小心起衝突的話，記得盡全力阻止喔。」

栗丸先生不待我提問，便打開工作人員出入的門。

回程路上，他一語不發地開車。

幸好沒起什麼衝突。栗丸先生不斷說些法律用語，迫使對方當場付清帳款。

中川超市的社長穿著皺巴巴的襯衫，身為會計的社長夫人則是頻頻搓手懇求。栗丸先生用帶來的筆電確認匯清帳款後，低頭行禮，說道：

「感謝你們二十幾年來的愛護。」

對方是一直往來的老客戶，非得用這種方式道別嗎？回程的車上一片靜默，只聽見方向指示燈的聲音。

回到公司，栗丸先生將車子停在業務部停車格後，向業務部部長報告「帳款已全數收回」。

「辛苦了。」

部長簡短地回應。栗丸先生回到自己的位子，打開老婆大人做的便當。

就在我也想午休一下、站起來時，聽到他幽幽地說：

「紙屋，你看過社史吧？社長面試你之後對我說，這位紙屋先生非常清楚我們公司的歷史。」

「啊、是。……不敢說很清楚，只是看過而已。」

「那你看過放在最後面的圖表嗎？」

「欸？」

「銷售額、經常性獲利、當期利潤，用創業時期以來的各種數據製成的圖表。」

「啊、嗯……。」我的聲音洩漏出些許慌張。

因為我是數字白癡，所以幾乎略過書末的圖表。

「參照社史內容來看，很有意思喔！公司是由數字串連而成的，要是看懂這個會覺得公司更有趣。」

這是栗丸先生第一次跟我提起工作以外的事。

不過，他還是一如往常的栗丸先生。在桌上攤開便當，靜靜地打開筷子盒。

我起身，步出辦公室時，巧遇爬樓梯上樓的渡邊先生。滿頭大汗的他，剛剛應該是扛著三公斤重、用紙袋裝的樣品去客戶那邊。他瞧見我，從胸前口袋掏出一包菸，低聲問道：「收回來多少？」

「喔、那個、全部都收回來的樣子。」

「是喔。不虧是栗丸先生，真是沒血沒淚啊！」

渡邊先生走進吸菸室，我不由得跟著走進去。

「那個、怎麼說呢？好恐怖。」

「蛤？」

渡邊先生叼著菸，回過頭。

「一直都很照顧我、很好的上司，卻讓我覺得……」

有如連續劇裡演的那種、放高利貸業者般地冷酷。

正要用打火機點菸的渡邊先生，就這樣默默地瞅了我一會兒，似乎看穿了我沒說出口的話。

「紙屋啊！我說他沒血沒淚，可是在誇獎他做事很靠譜喔！像我們跑業務的，沒辦法割捨對客戶的情義，也不懂法律，所以這種事只有那傢伙做得到。」

渡邉先生點菸，吐了一口煙。

「栗丸進公司那一年景氣超差，關東好幾家大客戶都破產了。我們公司也很危險。那傢伙每天都出門去收帳，費盡心思替公司節省經費，甚至狠下心裁員，讓公司能夠度過難關。」

我在社史有看到這段黑暗期。

元老級的財務部部長抱著「切腹的覺悟」，勸說喜歡搞排場、交遊廣闊的良輝社長進行財務改革，挑起這個吃力不討好的重擔。社史上還寫著部長和福委會激烈大吵，最後形同下跪般低頭懇求，不顧反對地強行裁員。

「我們每次開發新客戶時，栗丸都會要我們等他調查好那間公司的信用狀況再進行，讓我們覺得既囉唆又麻煩，但他進公司那年遇到那麼慘的情況，自然會變得比較神經質吧。」

「……我一直以為您很討厭栗丸先生。」

渡邉先生宣洩情緒似的說：

「當然討厭啊！」

但他知道栗丸先生的工作就是扮黑臉。面對往來超過二十年的老客戶最困頓的時候，還是得狠下心地催收帳款。渡邉先生知道這是自己，還有業務部任何一個人都做不到的事吧。

我想起一邊說「公司是由數字串連而成的」，一邊打開便當的栗丸先生，頓時覺得批評上司的自己好可恥。

「對了。那個、渡邉先生和栗丸先生是不是一起去過菲律賓酒吧？」

「喔喔、嗯。之前想慰勞他一下，帶他去過啦！可是他卻像個苦行僧似的坐在那裡，我還忍不住向他抱怨自己幹嘛浪費時間帶他來這裡。結果說好我要請客，他卻堅持各付各的。反正啊，我們就是處不來啦！」

步出吸菸室的我回到資料庫，翻開社史，看著書末像是高山和深谷的圖表。

十八年前栗丸先生剛進公司時，當期利潤已經連續十年呈現停滯狀態。社史上寫著那一年有相當多中小製粉公司倒閉。

相較於此，最上製粉的當期利潤從隔年開始轉虧為盈。光是看著數字的變化，便不難想像其中存在著多大的試煉與艱難。

我翻回到卷首，彩色扉頁上印著創業那年的收支決算表，上頭有手寫的數字，字跡十分工整。我想，也有人用數字這種文字書寫公司，栗丸先生就是其中一人。

隔天，我和榮倉小姐又在資料庫掃描文件資料時，辦公室的玄關突然鬧哄哄的，好像有很多人走進來的樣子。我繼續手邊的工作，榮倉小姐則是走過去瞧個究竟，還真是個好奇寶寶。她一回來便瞅著我說：

「好像是商業雜誌的記者來採訪社長。」

「原來如此。」我說。這種事一點也不稀奇，年僅三十五歲便成為老牌製粉公司社長的輝一郎，時常接受採訪。但她接下來所說的內容倒是令我十分意外。

「紙屋先生的兄長是任職於知名建商的明日之星，是吧？」

「欸？」

「因為令兄和社長同年，雜誌社幫他們安排了一場對談。……他現在就在外面。」

毫不知情的我，趕緊掏出塞在襯衫口袋裡的手機。

〈抱歉，因為突然有採訪，要去你們公司一趟。〉

收到一封這樣的郵件。

「呃、那個、他們叫我去泡茶……我去一下唷。」

一臉好奇的榮倉小姐快步離開。

我瞧了一眼走廊，碰巧看到抱著腳架的攝影師走進會議室。沒看到輝一郎和哥哥，應該已經在裡面了吧。

我回到資料庫。家人與公司，不應該產生交集的兩個世界居然互通了，讓我腦子頓時一團亂。總之，先冷靜下來。

我回到位子，打開置物櫃，找找看有什麼東西可以閱讀，看看文字應該能讓我冷靜些。

我瞧見玄野常務的筆記，不由得伸手翻閱，希望藉以逃避現實。

最初的幾頁，仔細記述著良輝先生是個多麼有能力的企業經營者。

雖然他花錢很海派，但經商手腕一流。配合小家庭興起、女性步入職場、不少人都是獨自用餐等社會現象，他成功研發出超商便當專用的義大利麵。縱使泡沫經濟後景氣每況愈下，最上製粉的業績還是保持一定的水準。

想必這裡頭也包含栗丸先生等，管理部門後勤人員的努力吧。玄野常務卻隻字未提。

進入二〇一〇年，年近六十歲的良輝先生要求任職銀行的輝一郎回到自家公司，開始教導兒子如何經營公司，以及製粉方面的相關知識。就在此時，他卻因為腦溢血突然病倒，不久便與世長辭。……這些在社史上都有讀到。

「曾任職於銀行的輝一郎先生就任社長後，經營方針一面倒地以管理為主，像是內部統一管理、對服從規定的重視、減少不必要的公司內部活動等，這些我都能理解，但是像嚴格控管吸菸室、過於嚴格的保密機制、社長室的隔音工程等，卻也花費愈來愈多不必要的人事費用與成本。」

不知不覺間，我忘了正在會議室對談的輝一郎和哥哥，忘情地翻閱手上的筆記本，發現光是社長室的隔音工程就做了三次。

「可能是不想讓員工聽到他講電話的內容吧。看他的種種作為，根本就是患了疑心病。」

玄野常務在筆記本上這麼記述。

我想起渡邊先生也說過，輝一郎每天晚上都會確認吸菸室的出入紀錄。這麼看來，他的神經質肯定讓元老級員工很苦惱。

「從良輝先生時代就在的專務向輝一郎陳情訴苦，沒想到他竟然馬上制定一套公司的退休新法，逼得專務退休，我看我總有一天也會被扔進垃圾桶吧。」

後來輝一郎找來的新人，就是歐澤專務囉？

「滿輝先生視我如家人，良輝先生感念我長年為公司付出，任命我為常務；輝一郎先生卻嫌我學歷不好，只是個沒用的老頭。」

總之，這本筆記本中寫的，就是年過半百、在公司有一定地位的人抒發情感的內容。其他元老級員工心中也對輝一郎如此怨憤嗎？

傳來好幾個人的腳步聲，我趕緊將筆記本塞進置物櫃。

「紙屋。」

被這麼一喊的我抬起頭，只見輝一郎看著我。他那張細長的公務人員臉依舊蒼白，細細的雙眼不帶一絲笑意。

哥哥站在輝一郎身旁。他的臉在沙烏地阿拉伯的烈陽烘熾下，比正月新年見到他時更顯得精悍，從他體內迸發出強大的生命力。

「我是為了向上級報告那起火災而回來的。」

走到我身旁的哥哥刻意湊向我，惡作劇般地耳語。

「馬上就要回去了，本來想拒絕這場臨時的採訪邀約，但因為是在你們公司舉行，想說來參觀一下，所以就答應囉。」

哥哥微笑地看向輝一郎，隱約露出他那口白牙。

「我聽舍弟說，貴公司也曾發生重大事故，但憑藉前任社長的領導力，鼓舞了第一線人員的士氣，而這件事也讓我提起勇氣，決定回到當地後一定要修復因火災事故而失去的信賴。」

我知道業務部的大叔們正在打量我和哥哥。

「長得挺像啊！」

還有人這樣竊竊私語。站在輝一郎身後的榮倉小姐則是一臉尷尬地別過臉，八成在想我們兄弟倆怎麼差這麼多啊？

「最上社長。」

哥哥站直身子，用力搭著我的肩。

「舍弟的長處只有寫寫文章罷了。雖然是自家人誇口，但他真的是個非常正直的傢伙。他從還沒進公司之前就很喜歡這間公司、社長、還有在這裡工作的各位。……還請大家包容他、關照他。我相信這傢伙總有一天能憑自己的長處，對貴公司有所貢獻。」

輝一郎有點不太高興地注視著低頭請託的哥哥。

「我也相信，不然不會錄用他。」

我望著輝一郎那張蒼白的臉。一直不明白最後一關面試時，他為何讓我過關。不過，多虧哥哥與常務的筆記本，讓我似乎明白了些。

「再不去機場就來不及了。」

哥哥在部屬的催促下快步離去。隨著前來採訪的工作人員離開，辦公室好比大火撲滅後的火場般一片靜寂。

「陽光般閃耀的兄長呢！」

輝一郎喃喃自語，走進社長室。

似乎在等社長不在似的，有位業務部的大叔嘆氣說道：「好像年輕時候的阿良先生喔！」

我眺望正在緬懷前任社長的大叔們，心想輝一郎還真是沒半個貼心的夥伴啊！

或許是因為這樣才錄用我。

元老級員工們不認同輝一郎，而我在面試時，說輝一郎年紀輕輕就要肩負這麼沉重的擔子，還因此哭了。

哪怕一個也好，也許他希望多一個喜歡自己的員工吧？無論這名員工多麼不堪用。

「快去幫忙收拾會議室。」

身後傳來冷冷的聲音。我回頭，栗丸先生看著我。絲毫不在意輝一郎與哥哥互動的他，快步往前走。

榮倉小姐追上去。

「栗丸先生，今天早上社長交代我將客戶的傳真號碼全都登錄在通訊錄。」

「……社長交代？」

栗丸先生停下腳步，回頭看向榮倉小姐。

「可能是因為我常用那台傳真機，所以才把這個工作交代給我吧。可是我想這應該是總務部的工作，還是支會一聲比較好。」

栗丸先生沉默片刻。

「……原來如此，謝謝妳特地告知。那就麻煩妳了。」

這麼說之後，他便繼續往前走。本來想追上去的我卻停下腳步，回頭看著榮倉小姐。

——他真的是個非常正直的傢伙。

哥哥剛才那番話在我心裡迴響。

現在要是不說的話，以後大概就不會說了吧。於是我深吸一口氣，開口：

「其實我已經看過妳寫的那篇文章，怎麼說呢？一拿到就馬上看了。就是那篇『埋首製作麵包的每一天』。」

榮倉小姐神情緊繃，大概很緊張吧？

「一點都不有趣。」

我盡可能直盯著她，不移開視線，一口氣說道：

「像是前輩只稱讚榮倉小姐，招致其他同事的嫉妒，這種事情對我來說，一點都不有趣。……那些會看榮倉小姐部落格的人，應該也是這麼想吧。所以沒人留言回應，也不曉得如何回應這種事。」

就像哥哥說的，我喜歡這間公司裡的人，真心尊敬那些擁有我所沒有的長處、恪遵職守的同事們。就連在筆記本寫滿牢騷的玄野常務，還有總是窩在社長室的輝一郎，我也打從心底相信他們對於工作的熱忱是一樣的。

也許因為處事態度不同，無法成為交心好友，但大家都認真地面對自己的工作。

「我想看的是只有榮倉小姐才寫得出來的、更有意義的文章。」

榮倉小姐露出像被別人賞了一巴掌的表情。只見她面紅耳赤，一言不發地看著傳真機，走向那裡。

又惹火她了嗎？我呆站片刻才想起栗丸先生交代的事，趕緊奔向會議室。走進去一瞧，疊起來的椅子已經放回桌子四周。

我心想「糟糕！」，但栗丸先生似乎沒察覺我走進來，正凝視著掛在會議室牆上的風景畫，上頭描繪的是戴上雪帽子的山景。

「紙屋，你會寫會議紀錄嗎？」

栗丸先生盯著畫，這麼問道。

「就是負責記錄會議內容嗎？……嗯，應該會。」

我不擅長發言，不過記錄發言內容應該沒問題。

「社長交代你明天下午也要出席幹部會議。」

「咦？社長交代？」

為什麼要指名我呢？是因為同情我和哥哥如此天差地遠嗎？栗丸先生準備步出會議室時，喃喃道：

「可能是想，要是紙屋的話，應該不會情緒暴走吧。」

這是什麼意思？我一頭霧水。

隔天，玄野常務來東京，好像是為了出席幹部會議的樣子。「這是給大家吃的。」他一邊這麼說，一邊將伴手禮遞給榮倉小姐，還吩咐一句：「準備大家開會時要喝的茶水。」

感覺玄野常務的態度和上次來東京時不太一樣。

「社長還在社長室嗎？」

他露出爽朗的表情，笑著問栗丸先生。實在無法想像他會寫那種陰鬱到不行的筆記。

「我更新部落格了。」

榮倉小姐走向茶水間，經過我身邊時悄聲說道。

我凝視她的背影，內心有點悸動。意思是，她聽進我說的話囉？看來坦誠相告才是對的吧。

離會議開始還有一點時間，我走進洗手間的個室滑手機。

『鋼骨派男人與紙派男人之間的差距，永遠不可能縮短』

我盯著這標題好一會兒。鋼骨派男人是指哥哥吧？我一邊感受胸口被捅一刀的久違感，一邊閱讀這篇貼文。

「寫文章是只要組合一下單字就能做到的事，就像我寫這篇貼文，只花了十五分鐘左右就搞定。所以這種事是任誰都能辦到的事。相較之下，無中生有地創造出某種產物所需付出的努力則無與倫比。可見日積月累磨練技巧的重要性，就連出自同一對父母的親兄弟之間，也能清楚看見巨大的差異。」

我悄聲嘆氣。

從小我就被說和哥哥完全不一樣，無論是親戚、老師、還是同學，不知已經被說過幾百遍了。不過他們沒有惡意，只是驚訝得不禁脫口而出，不敢相信我們是親兄弟。當然，變成這樣不是誰的責任，我現在也已經不會因此而受傷。

但是榮倉小姐搞錯了。

寫文章是一件很辛苦的事。即便是只能拿到佳作的能耐，我也始終拚盡全力去書寫。不，就連擁有天賦才華的人寫東西時，指尖應該也是承載著身體的所有重量。雖然層級有所差別，但希望讀者明瞭自己有多麼費盡心思創作的心情是一樣的，明明應該是如此才對⋯⋯。

只花了十五分鐘就寫出來嗎？也是。這篇文章就只有這等程度。只是一篇為了傷害我而寫的無聊文章。

我關掉手機螢幕，懊惱心情逐漸變成憤怒情緒。

如果是想主張能無中生有的人比較厲害，又何必端出我哥的事，聊聊自己的工作不就好了？

無論是角谷先生、大山先生，還是渡邊先生，雖然不擅長用文字表達，他們還是努力以自己的話語來書寫文章，真心誠意地傳達他們對於工作的想法。就算沒有想表達的事也沒關係，默默地揉麵團做麵包不就好了。要是擔心身分曝光，在安全的場合吐個幾句至理名言也行。

既然搞了個部落格，而且是全世界都看得到的公開發文，就不該盡是寫些挖苦別人的文章。

老實說，我對榮倉小姐真的很失望。

我步出洗手間，回到辦公室。就在我抱著筆電走向會議室時，被栗丸先生叫住。

「會議時間可能會拉長，記得帶電源線。」

「喔、好，也對。」

他總是提醒我記得要帶什麼東西。

「會議紀錄寫好後，拿給我看，我想可能會有很多你聽不太懂的說法。如果專務講了你不懂的英語，只要把音記下來，我會大概推敲一下，幫忙翻譯。」

我一臉詫異地看著直屬上司。

「栗丸先生不出席嗎？」

「又沒要我出席。」

他的口氣帶著惱怒，視線又回到電腦螢幕上的收支決算表。

我走進會議室，瞧見玄野常務已經坐定，其他高層人士也已入座。

坐在最後面位子的我正要打開筆電時，歐澤專務走進來。只見他梭巡什麼似的環視眾人，露出不明白大家為何聚集在此的表情。

相較之下，玄野常務則是一副老神在在的樣子。我忽然湧現一股莫名的不安，室內流淌著微妙的氛圍。

「你是minute taker？」

歐澤專務看著我，這麼問道。應該在問我是不是負責會議紀錄吧？我趕緊點點頭。

「大概沒什麼重要的事吧。」

他喃喃自語。

就在這時，輝一郎走進會議室，一張臉依舊蒼白。歐澤專務打探似的盯著那張臉，然後默默地坐在玄野常務的對面。

「抱歉，緊急召集大家來開會。」

輝一郎坐在社長位子上這麼說。

我敲著鍵盤，盡量記錄每一句話。

「其實，我們決定與業界第三大企業關東製粉進行合併。」

歐澤專務冷不防動了一下，詫異地反問：

「……您剛才說什麼？」

我鍵入「合併」這個詞。雖然知道漢字怎麼寫，但不明白專務為何如此驚訝。輝一郎淡定地繼續說：

「為了促進雙方的合作關係，我決定將最上家，也就是創辦人家族所擁有的公司股票轉賣給關東製粉，所以關東製粉將成為最上製粉的最大股東。」

我拚命地聽打，根本沒空思考這些話是什麼意思。輝一郎的發言暫時告一段落，我一抬頭，瞧見歐澤專務面色鐵青地瞪著我，口氣十分激動地說：

「Do you understand how important your role is ?」

我雖聽不太懂他那一口標準英語發音，但從表情感受到他可能很不滿由我來負責會議紀錄。

我內心一陣悸動，預感現在自己所記下的每一句話，可能成為最上製粉歷史上的重要紀錄。

「歐澤先生。」

輝一郎用先發制人的口吻說道：

「今天召集大家來，是要將我的決定告知元老級員工，之後還會另行召開董事會。你放心，到時候的會議紀錄我會請栗丸代理課長負責。……今後還請你盡量避免說英語。」

輝一郎的口氣絲毫不帶情感。

「關東製粉的歷史比最上製粉更悠久，所以你最好知道他們的公司體制比我們更守舊，要是開口閉口都是英語，只怕會惹新來的社長討厭。」

猛敲鍵盤的我，感覺胃部深處緊縮了一下。

意思是，輝一郎不再是社長嗎？也就是說，最上家要退出最上製粉的經營嗎？

玄野常務與其他高層幹部全都沉默不語，也許他們早就被告知了。

「I'm not……」歐澤專務說到一半，隨即改口：「我無法接受這個決定。」

輝一郎卻用公事公辦的口氣繼續說：

「國內製粉產業持續萎縮是不爭的事實，新的小麥政策只會促使小麥價格更容易受到國際市場波動的影響，所以單憑一己之力要想提昇收益可以說相當困難。」

「可是，不是在我的主導下拓展了海外通路嗎？」

歐澤專務努力地用日語表達，並繼續說：

「不但當期利潤提昇，也研發了附加價值比較高的商品，聽說第一線人員也開始著手新的project。」

玄野常務說了句「對了」，接著說：

「關於鶴屋麵包的案子，負責研發的人員必須調到關東製粉那邊，因為他們社長也很看好研發包餡麵包一事，希望能將這個案子納入他們的事業。」

我的胃部深處又緊縮了一下。意思是，打算將榮倉小姐調去關東製粉嗎？

「特地把我從別間公司挖角過來，讓我付出那麼多心血、努力將價值提昇到最高以後，卻決定賣掉公司？」歐澤專務說。

「並非賣掉，而是合併。」

輝一郎回答。

「要是沒什麼好內疚的，為什麼不私下先知會我一聲？身為founder的你可以拿著一大筆錢一走了之，可是how about benefits？我們開拓了新事業也招募了不少年輕人參與，他們的welfare你打算怎麼辦？」

我敲著鍵盤，心想自己也許對歐澤專務有所誤解。

雖然我聽不太懂他說的英語，但明白特地辭去工作來到這間公司，結果卻被如此對待的憤怒與不滿。專務這兩年來為了公司可說是鞠躬盡瘁，沒想到這份忠誠卻遭到背叛。

「專務，你放心。」

玄野常務微笑。

「我們這些幹部的身分和待遇都不變，這是關東製粉的常務，不對，最上製粉的新社長說的。不會有任何改變，是吧？社長。」

我一邊敲鍵盤，一邊看向輝一郎，瞧見他的嘴角瞬間猶疑似的上揚。歐澤專務看到輝一郎露出這樣的表情，突然苦笑地喃喃自語：

「So you are running away.」

「我不是逃走，而是為了員工們著想。」

輝一郎的聲音蘊著怒氣。

「你聽得懂？」

歐澤專務語帶嘲諷地說。

「雖然出身頂尖大學，英語卻不怎麼樣，花了大筆經費去國外視察工廠，結果像顆貝殼般不講話，連個問題也沒提問。」

是為了避免使用英語嗎？他語調緩慢、一字一句地譏諷輝一郎。會議室裡瀰漫著異樣的緊張氛圍。全場只聽得到我敲鍵盤的聲音。

「歐澤先生，你宣洩夠了嗎？」

輝一郎說。

歐澤專務輕輕搖頭，似乎不想再反駁的樣子。

「……社長既然這麼決定，我們也只有聽從的份。」

「其他人也沒異議吧？紙屋，最後這麼記錄一下，全體一致通過。」

會議到此結束，輝一郎率先步出會議室。過了一會兒，專務也離開。其他高層幹部則是緩緩起身，「總算順利結束一件麻煩事」似的踩著輕鬆的步伐魚貫步出會議室。

我存好檔，正要關掉筆電時，玄野常務拍拍我的肩膀。

「這份會議紀錄別拿給栗丸看。」

「欸？」

我不由得用手護著電腦。

「為什麼？」

「社長的命令啊！只要拿給我看就行了。請先刪除不必要的發言。」

我露出狐疑的眼神。剛剛那場會議……有什麼不必要的發言嗎？

「除了專務所說的話之外，如果還有其他反對者的發言，也一律刪除。」

「這也是社長的命令嗎？」

只見玄野常務一臉嚴肅，邊搖頭邊說：

「你應該也想讓從總公司過來的新社長安心，看到大家都歡喜贊同的會議紀錄吧？輝一郎先生一定也是這麼想。況且就算社長換人做，我也還要待在這間公司。你剛進來不久，一時之間也很難找到別的工作吧？」

玄野常務離去後，我就這樣呆怔了一會兒。

突然響起喀嚓喀嚓的聲音。我抬頭一看，原來是榮倉小姐拿托盤正在收拾空杯子。她連瞧都沒瞧我一眼……不過我現在也沒心思想她的部落格。沒和她打招呼的我逕自起身，步出會議室。

我回到位子上，一旁的栗丸先生抬頭對我說：「辛苦了。」先一步回到位子的玄野常務正在啜飲新泡的茶。

該怎麼做才好？……我決定了。

打開筆電，我發了一封附上會議紀錄的郵件。

「常務叫我刪除反對結論的發言，還說不能拿給栗丸先生看。」

另外加上這麼一句話，寄給栗丸先生。

我的上司是栗丸先生，況且一直受他的照顧，這份恩情一定要還。

雖然也很感謝輝一郎社長錄用我，但我現在很氣他。

對於處境孤立的社長來說，栗丸先生一直是他最忠實的部屬，不是嗎？不告知栗丸先生如此重大的決定，實在說不過去。畢竟連我這個剛進公司沒多久、對公司毫無貢獻的人都知道了，怎能讓栗丸先生被蒙在鼓裡？

舍弟是個正直的傢伙——我不想辜負哥哥對我的期許。

栗丸先生好像看到我寄給他的郵件，只見他那原本動個不停的雙手停了幾十秒之後，才又開始敲打鍵盤。又繼續工作了嗎？他是個很講究工作步調的人。

就在我思忖著自己違抗常務的命令、可能會被斥責時，收到栗丸先生的回信。

「你還真敢讓我看啊！不過，我很早以前就料到了。」

開頭寫了這麼一行字，之後的內容有點長。

「畢竟每天在公司過著被數字追逐的日子，多少知道上頭發生了什麼事。社長交代榮倉小姐登錄客戶的傳真號碼，應該就是為了發布新聞稿、宣告公司被併購的事。他之所以沒叫我出席會議，是因為對我有罪惡感，因為他是個怯懦的人。……還有，恐怕這次聽從社長指示、為這件事奔走的人，就是常務吧。」

為何玄野常務願意為他最討厭的輝一郎奔走呢？而且這兩人在會議上顯得異常親密。

無奈栗丸先生的郵件並未提到箇中緣由。

「專務的實力有目共睹，應該很快就會被別家公司挖角吧？其實我也已經確定要跳槽了。畢竟繼續待在形同分公司的這裡，根本無法累積工作資歷。」

我有一種腦子被重擊的感覺。栗丸先生也要離開這間公司!?我的內心被難以言喻的不安感襲擊。接著還有一大段郵件內容。

「社長決定錄用你時，我之所以沒有反對，是因為早就決定離開這間公司，因為當時的社長已經讓我感覺不太對勁。反正無所謂，只要安穩地待到我要離開的那一天就行了，所以我一點也不想栽培你。可是你卻找到最適合自己的工作方式，也許我在面試後不贊成讓你過關是個誤判吧。現在的我深深覺得，或許公司就是需要一位重視文書的人，因為公司也是由文書所構成。我一直到最後都不明白該如何以你的上司自居、如何善用你的優點，但你應該很清楚該怎麼發揮自己的才能。所以，你自己決定如何處理這份會議紀錄吧！」

不會吧!?我不由得驚呼，倒抽一口氣。

「照常務說的，刪掉反對的發言、討新社長歡心也行，保留真實的內容也行。因為你是這場會議的記錄者，也是這份會議紀錄的作者。」

後知後覺的我，這才明白會議紀錄是一份具有驚人力量的文件。只要我想，可以輕易抹去原本存在的話語，而這份紀錄也會成為最上製粉的社史內容。我的手指顫抖，汗水滲至耳後。

不過，就算我原封不動地交給常務，常務也會動手修改吧？

栗丸先生的郵件最後一段寫道：

「其他同事應該一個月後就會耳聞此事，要說一切都不會改變是騙人的。我之前待在財務部時，就已經看過太多往來客戶的公司被併購、逐漸改變的模樣。沒有哪一家母公司會容許砸下大筆金錢併購來的分公司，還按照自己一路走來的喜好發展。不過為了避免公司陷入一團亂，就像常務說的，第一年肯定就像什麼都沒發生似的，高層幹部也不會有任何職務異動；但大概第二年開始，母公司就會正式插手經營方面的事務，絕大部分都是這樣，所以這間公司的員工肯定也得面臨驟然劇變的日常吧。」

我關掉栗丸先生的郵件，聽到自己的呼吸聲。

「紙屋。」

不遠處傳來玄野常務不耐煩的叫喚聲。

「會議紀錄還沒整理好嗎？」

我的手擱在鍵盤上，思索著。汗水滴落耳後。

只要討新社長歡心就能保住位子，常務是這麼想的吧？但如果像栗丸先生說的那樣，又能保住幾年呢？

或許在家族企業待了三十幾年的玄野常務，對於世間一般經營者的認知只停留在表面程度，所以相信同樣是老牌企業的關東製粉也會溫情相待。

不遠處傳來哐噹聲。原來是榮倉小姐端著盛裝試作品的不鏽鋼盤子，走進辦公室。

對她來說，調職到關東製粉那邊比較好嗎？……不，應該不會比較好。看過她好幾篇貼文的我，實在不認為她打從心底覺得這間公司沒救了。

我想起榮倉小姐揉麵團的光景。她將不成形的麵團揉成圓圓的，然後塞進模子、送進烤箱，俐落的動作一一烙印在我的眼底。

即便她在部落格上把公司寫得多麼可笑有趣，但她每天認真製作麵包是不爭的事實，不會因為貪圖個人方便而在麵粉等原料上動手腳。

——我相信舍弟，這傢伙總有一天能憑自己的長處，對貴公司有所貢獻。

哥哥這麼說過。

——我也相信。

輝一郎也這麼說。

我做了個深呼吸。下定決心以後，複製這份會議紀錄。

然後開始修改複製的檔案，按照玄野常務交代的，刪掉「不恰當」的發言內容，改寫成全體達成共識的會議紀錄。

『關於併購一事的會議紀錄（修改版）』

加上這個標題後，寄給玄野常務。

過了一會兒，聽到常務十分滿意地說：

「喔喔。謝啦！」

沒有回應他的我，繼續進行下一個步驟，那就是將記錄所有發言內容的原始會議紀錄加上這個標題：

『關於併購一事的會議紀錄（修改前）』

然後連同拿給常務的那份『關於併購一事的會議紀錄（修改後）』，以附加檔案的形式發了一封郵件。

收件者是通訊錄裡的所有最上製粉員工，高層幹部則被我刪除。汗水浸濕了我的背部。平常我做這種需要高度專注力的事幾乎都是失敗收場，但唯獨今天、唯獨現在，絕不能失手。

——你很清楚該怎麼發揮自己的才能。

粟丸先生在那封郵件裡這麼回覆我。

寫作是我的長處。不過還有另一個「長處」是工作能力很差，這是我在公司裡人盡皆知的不名譽個人特色。而現在就是活用這個特色的時候！

不是口頭告知，而是留下白紙黑字，這是公司的原則。公司是由許多內部文件、經過各式各樣員工的手，書寫而成。

允許竄改內部文件的公司，真的會勤懇清掃積在地上的粉塵嗎？真的能正確傳述過往那起事故的來龍去脈、防止悲劇再次發生嗎？應該再過不久，也會開始對外撒謊吧。

總有一天，榮倉小姐那雙美麗的手也會被迫揉出謊言也說不定。

我不想讓這種事發生。

我不想讓最上製粉股份有限公司成為一處充滿猜疑、不信任的場所。哪怕違背高層的命令，我也不能用謊言來書寫公司。要是無法做到這一點，我就不該再寫什麼公司內部文件了。

好！我按下「寄出」。

過了幾秒後，我感受到鄰座栗丸先生的視線。

（他應該收到了吧。除了高層幹部之外，其他人都能收到原始版的會議紀錄。）

我深吸一口氣後，又寫了一封新郵件，和剛才一樣也是除了高層幹部之外其他人都收得到。

「我不小心把只有高層幹部才能看的『極機密』會議紀錄寄給大家了。不好意思……請大家刪除先前寄的那一封，麻煩各位了。」

寫著「極機密」就是叫人家看啊！渡邉先生這麼說過。我希望大家都能看到。

過了一會兒，栗丸先生對我投以銳利的目光，並且這麼說：

「紙屋你真的很會搞烏龍耶！」

他的嘴角浮現一抹笑意。

「這要是紙本的話，就比較容易回收囉。」

是因為卸去了「輝一郎的忠實部屬」這個角色嗎？還是覺得再也沒有必要揣著祕密呢？只見栗丸先生一臉神清氣爽地接著說：

「反正啊，要怪就怪把這麼重要的工作指派給紙屋的傢伙囉。」

玄野常務「嗯？」了一聲，抬起頭，一臉莫名其妙地看著栗丸先生和我。

雖然我不曉得這是不是身為公司員工該做的事，卻一點也不害怕忤逆常務的自己會落得什麼下場。

我希望自己寫的是不帶半點虛假的文章，只是這樣而已。

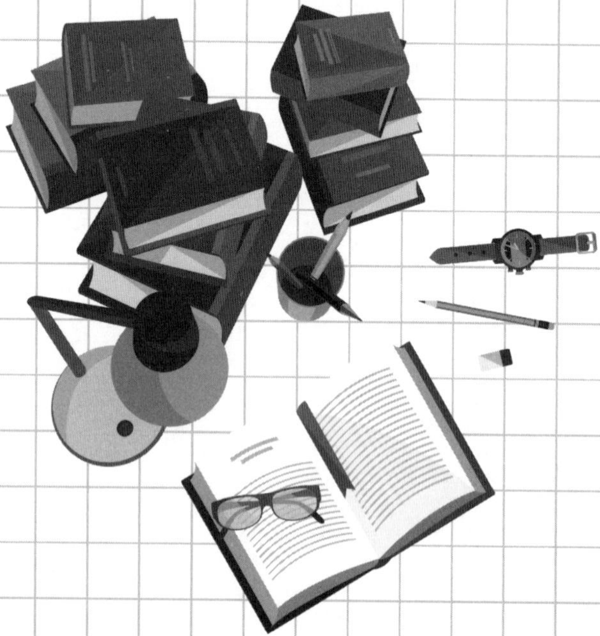

第五話

社史述說的不只是過去

那幅畫描繪戴著雪帽子的山景。我仰望它，心想：「這是名畫嗎？」因為它裱著金色畫框掛在會議室裡。

「這幅畫沒有資產價值。」

栗丸先生一邊在紙上寫了零這個數字，一邊這麼說。

「這幅畫是創辦人的夫人，也就是前會長千惠子女士畫的。」

我想起社史裡頭的家族照片。千惠子是輝一郎的祖母，從創業時便掌管公司的財務事務，滿輝先生去逝後，升任會長的她比良輝先生早三年過世。

「聽說夫人很喜歡畫油畫，這是最上家位於蓼科的別墅所望見的山。我們公司不是有一款叫『SNOW』的麵粉嗎？就是取名自這幅畫。」

這幅承載著創辦人一家回憶的畫作，資產價值真的只有零嗎？

上上個禮拜，再次召開高層幹部會議，正式決定與關東製粉進行合併一事。這場會議由栗丸先生負責會議紀錄，全體幹部簽名。

從那天開始，歐澤專務幾乎不再進公司。聽栗丸先生說，他似乎決定跳槽到業界排名第二的某知名電機製造商擔任要職。

「專務的態度轉變得可真快啊！明明之前還氣得半死……」

「專務也是出於體貼之心吧。想說趕在新社長來之前辭職，避免引起風波。」

上週，工廠那邊的總務部指示我們，要估算東京總公司的資產。

只見栗丸先生拿著檔案匣和原子筆四處盤點，從研發室的機具、用品到辦公室的椅子，估算這些東西賣掉能值多少錢。其他同事則是故意裝作沒瞧見我們這般不尋常的舉動。

「大家應該都看過那兩份會議紀錄吧。」

原本在看那幅畫作的栗丸先生走向別處。

他是指我不小心將『關於併購一事的會議紀錄（修改前）』與『關於併購一事的會議紀錄（修改後）』誤傳給除了高層幹部以外的所有員工那件事。

大部分的人收到這封郵件後便馬上刪除的樣子，不過還是有人忍不住好奇、打開一探究竟，併購一事就這樣悄悄地在員工之間傳開。品管部的大山先生還寫信告訴我，工廠那邊的人都知道了，也猜得出來是誰指示修改，信裡還寫著身為常務派的他有一種被背叛的感覺。

縱然如此，大家還是三緘其口。

因為栗丸先生隨後又發了一封郵件。

「要是將那份資料的內容洩漏給外面的人知道，肯定會損及公司對於客戶與銀行的信用，還會影響下一季的獎金也說不定，所以正式發布之前，嚴禁洩漏出去。我也為紙屋的疏忽向大家道歉。」

看來這封半要脅性質的郵件頗為奏效。

玄野常務似乎以為大家都還不知道的樣子，暗地裡「悄悄地」催促我盡快加速無紙本化的作業。

——資料庫裡頭的資料和書籍必須全數處理掉，因為要騰出空間擺放關東製粉的商品樣本，希望一切在新社長來之前能順利搞定。

他彷彿化身成了輝一郎。還說現有的三間會議室只需保留一間就夠了，好像是因為東京總公司降格為東京分公司，總公司的權責也像前兩任社長時代那樣回歸工廠那邊。

「反正關東製粉派來的新社長勢必全權掌管各項事宜，我們也就不必太花費心思處理事情了。常務本來就是個效忠於前兩任社長就感到很滿足的人，現在應該也像進入溫室裡一樣感到鬆一口氣吧。」

栗丸先生這麼說之後，走向隔壁的會議室。

不必花費心思處理事情，這樣對員工來說是一件幸福的事嗎？

我走向望著創立二十周年紀念壺的栗丸先生，對他說：

「那個，我上禮拜不是完成了公司內部規章的無紙本化作業嗎？」

「嗯，結果是我幫忙把資料轉載在公司內部網站上。」

記得始終搞不定的我，急得哀求栗丸先生協助。但我要說的不是這件事。

「那個……應該是昨天吧。我發現有一條規定不見了。」

「哪一條？」

「關於調職的詳細規定。」

昨天我瀏覽了數位化之後的公司內部規章。因為之前在掃描資料的時候，曾被榮倉小姐提醒「別看了」，所以一直忍到放上網站後才看。但就在總算能夠細看每條規定時，我發現了一件奇怪的事。

怎麼找都找不到「員工就算被任命調職，只要願意降薪一成，就能留任原本的單位」這條細目。我明明記得和榮倉小姐一起掃描資料時，有看到這條規定。

「也許是常務奉關東製粉那邊的總務部之命，刪掉了這條規定吧。」

栗丸先生思忖片刻後，又說：

「常務想大幅刪減成本，所以打算收掉東京的研發室。就像我之前說的，已經不必為這間公司花費心思了。」

「那研發室的同事——榮倉小姐怎麼辦？」

「調職到關東製粉或是大阪的工廠吧。要是員工端出這條規定，硬要留在東京分公司，恐怕會讓新社長困擾，所以乾脆刪掉也說不定。」

居然沒經過福委會同意，便擅自刪除這條規定，難道這就是常務為了待在舒坦溫室所用的手段？反正竄改會議紀錄一事沒被追究，就愈來愈為所欲為嗎？

栗丸先生對沉默不語的我說：

「只要這條規定沒被正式廢止，就還有效力。不過，既然放在公司內部網站後就被刪掉，員工們多少會感受到公司要求人家共體時艱的壓力囉。」

「這就是社長推動無紙本化的目的嗎？」

「這就不曉得了。社長的腦筋有動得這麼快嗎？也許只是想做些有別於前兩任社長的事，以展現自己的能耐吧。」

栗丸先生提到輝一郎的口氣異常冷淡。

「說到底，為什麼常務會和社長一起搞什麼併購案啊？他明明一直都很討厭社長。」

「社長本來就對經營公司沒什麼自信，一直都很想甩掉社長這個頭銜，玄野常務則是想讓公司回到以前的體制，恰巧關東製粉提出這樣的合作案，兩人就一拍即合了。」

「原來如此。」

我對輝一郎失望透頂。就算再怎麼沒自信，也不應該背叛依照自己的指示協助改革公司的歐澤專務與栗丸先生，還將一直支持最上家的老員工們棄之不顧，怎麼能做出這種事？難道只求自己好就行了嗎？身為老牌企業的傳人，只有這點能耐嗎？

「你很生氣吧？畢竟是社長讓你進來的，也難怪你會生氣。不過我一直覺得這一天總會到來。當社長決定錄用你時，我就猜想他已經決定要被併購了，所以才讓你進來的吧。」

「什麼意思？」

反正他已經決定離開社長這個位子，因此讓我這種庸才進來也事不關己嗎？栗丸先生悄聲嘆氣，說道：

「我也不知道該怎麼說。有一點可以肯定的是，我們這位社長其實頗有識人之明的。但是因為從小就被培養成接班人，他不能夠在人前示弱，因為不曉得該如何支持、守護員工所以才離大家而去。……桌椅的製造商和編號都抄下來了嗎？好了，你可以午休了。」

雖然栗丸先生這麼說，我卻一點食慾也沒有。

我走進資料庫，望著排放在書架上關於經營管理學與麵包製作技巧的書。一想到這些書都要被處理掉，就覺得好痛心。但至少書籍只要喜歡都還能再買回來。

問題是，那些公司內部文件卻非如此。

我走向最裡面的架子，取出放在碎紙機旁、一個印有公司商標的紙袋。那是用在某次銷售活動的舊紙袋，裡面塞滿已經掃描存檔過的資料。

「紙屋。」

身後傳來聲音。我回頭一瞧，原來是玄野常務。

「……您在啊？」

還以為他這禮拜應該都在工廠那邊。我趕緊將紙袋藏到身後。

「會議紀錄的事，謝啦！」

常務的眼角刻著深深的皺紋。

「新社長很安心的樣子，他是那種比較神經質的人啦！因為之前也擔任過原本是家族企業的社長，結果遭到資深員工猛烈反抗，吃了不少苦頭的樣子，所以他希望穩妥順利地接掌最上製粉。」

我拚命藏著手上的紙袋，沒心思體諒連見都沒見過面的新社長的心情。

「對了，栗丸昨天遞出辭呈了。」

常務露出如釋重負的表情。

「我告訴他，東京總務部的事務將由新的總公司、也就是工廠那邊接管時，他表明要辭職。真是沒半點忠誠心啊！果然只是社長的走狗。」

栗丸先生即將離開，我是不是也該另謀出路？突然覺得不安的我低著頭。

「放心啦！我會讓你留在東京。」玄野常務說。

「咦？可是您剛才不是說總務部的事務由工廠那邊接管……？」

常務沒有立即回應，輕聲嘆氣後說道：

「沒想到你那麼瞭解以前的最上製粉，履歷表上甚至還寫了那些大學剛畢業後就進公司的年輕員工們都不曉得的社訓，你是怎麼知道的啊？」

渡邉先生也問過我同樣的問題。

「因為我讀過社史。」

「是喔！原來如此！真高興啊！那本社史可是由我主編的。雖然輝一郎說不需要花那麼多錢做那種東西，但我還是不顧反對地去做，因為我無論如何都想讓這間公司的光榮歷史流傳於後世。」

原來如此。

面試時，輝一郎聽聞我看過《最上製粉　一路走來充滿感謝的六十五年》以後，說了句：

「看了那本社史，會覺得這間公司很棒，對吧？」

原來它是出自這位對創辦人與第二任社長無比尊敬的常務之手啊！既然如此，可能有不少事情被美化，搞不好有什麼沒寫進去的黑歷史。

突然覺得毫不懷疑、只覺得社史好有趣的自己很白癡。

——紙屋先生不瞭解我們公司。

這麼說來，我進公司不久時也被榮倉小姐這樣說過。

「也有沒寫進社史的歷史。」

玄野常務說。

我嚇一跳。常務沒看向我，而是看著自己手上的傷。

「這個啊，是二十八年前粉塵爆炸事故時受的傷。那年我二十八歲，帶著輝少爺去找夫人，當時都是這麼叫他。才七歲的小小輝一郎背著沉重的書包，我總是緊緊地牽著他的手，就在我們走到工廠門口時，傳來轟然巨響，窗戶的玻璃碎片朝我們飛來，我心想絕對不能讓小少爺受傷。」

我看著常務因長年在工廠工作而變得厚實的手掌，問道：

「所以，常務才因此受傷……？」

「這種事就沒寫進社史囉。那時輝一郎先生還小，應該沒什麼印象吧。對輝少爺來說，那起事故只是反覆被提起、讓人鬱悶的往事。鶴屋的包餡麵包復活一事也是，八成讓他很痛苦吧。輝少爺將上兩代遺留在這間公司的東西一一抹去，他和栗丸都無法理解我的擔憂，但你應該能夠理解吧？」

玄野常務對我露出親切的眼神。

「新社長會在東京待一陣子，擔任我們公司和關東製粉的窗口，我負責從旁協助。所以我想讓你跟著我，幫忙處理文書方面的事，就像上次會議紀錄時那樣助新社長一臂之力。」

意思是，要我幫忙關東製粉併吞最上製粉嗎？

「我很期待你發揮寫作長才喔！」

玄野常務離去後，我把裝著資料的紙袋放進自己的置物櫃，想一天帶一袋回家，不然會啟人疑竇。我覺得非得這麼做不可，畢竟公司內部文件肯定還是會被竄改，資料也不知何時會消失。

我把紙本帶回家保管一事要是被發現，勢必會被罵得狗血淋頭；但為了保護這間公司的文件資料不再受到任何傷害，也只能這麼做了。

我關門時，榮倉小姐恰巧拿著不鏽鋼盤上來，放在辦公室中間那張桌子上。今天的試作品是法國麵包，好像是為了鶴屋的新事業特地做成鬆軟一點的口感。

她沒問我要不要吃。

自從兩個禮拜前，我說她的部落格貼文「很無聊」後，就再也不敢正眼瞧她，還發現她一直沒有更新部落格。

要主動搭話嗎？還是算了？

站在一旁的我，凝視著榮倉小姐用她那雙纖纖玉手，以對待深愛之物的輕柔動作，用薄紙包住麵包的樣子。辦公室裡沒有其他人，我決定鼓起勇氣開口。

「法國麵包看起來好美味。」

榮倉小姐抬起頭，尷尬地看著我，說了句：「baguette。」

「形狀細長、皮脆脆的法國麵包就叫baguette，法文是棍子的意思。」

「是喔……原來是棍子的意思啊。」

「明明在製粉公司工作，竟然連這種事都不知道，你真的是不想做這份工作了吧？」榮倉小姐的雙頰泛紅。「所以你才會寄錯信！」

「啊、那個是……」

「你是故意的吧？這種小伎倆騙不了我，我想大家也都知道吧。而且……你是為了我，才那麼做吧？」

真是突如其來的質問。我是……為了榮倉小姐嗎？好像是這樣，又好像不是。當我默默地回想兩個禮拜前自己的心情時……

「你是想告訴我，我會被調到關東製粉，對吧？」

榮倉小姐直盯著我。

要是哥哥的話，一定會毫不遲疑地說「沒錯」。但我是我，不是哥哥。

「不，我是為了自己，為了自己的原則。該怎麼說呢……」

榮倉小姐瞬間滿臉通紅，看著長棍麵包。

「什麼嘛……原來只是想出風頭啊！」

「不、不是，不是這樣的。」

「因為我在部落格寫了一篇把你和你哥拿來做比較的貼文，所以你想讓我知道你的寫作能力不容小覷，是吧？」

怎麼又聯想到這種事！我覺得渾身虛脫。

「可是就算你那麼做，又能改變什麼？剛才栗丸先生說下午會有業者過來勘查研發室，八成是因為研發室要被撤除吧。所以不管做什麼都沒用了，以後我再也無法研發麵包。把技術轉手給關東製粉，接著被調到工廠，只能做做客戶要的樣品，無法獲得肯定和成就感的生活正在等著我。」

我並不認為進公司還不到三個月的自己能夠理解榮倉小姐的心情。

可是我很想問問她——「別人如何評價自己？」難道她在意的從頭到尾就只有這個嗎？也許

我跟她永遠不會有相互理解的一天。

「光靠文字的力量根本無法改變公司。」

要是以前的話，此時我會覺得胸口被插了一把鋸齒狀的麵包刀。

但自從忤逆常務、將會議紀錄寄給所有員工的那一刻起，就覺得自己好像變得不太一樣。

「我覺得正因為是這種時候，所以寫什麼內容更重要。」

當我脫口而出這句話時，再也無法抑制怒氣，接著又說：

「榮倉小姐到底要貶損我到什麼時候？」

「我沒有貶損，只是寫出事實。」

「我覺得妳應該寫些別的事。」

榮倉小姐嘆氣，微微地搖頭，拿起不鏽鋼盤。

那天午休結束時，部落格【書寫我待的這間沒救的公司】又有新貼文。

標題是『別碰竄改文書這種事，以免惹禍上身』。

「不是每個人都支持紙屋先生（假名）做的事。總有一天，一定會有人向常務舉發紙屋先生故意誤寄一事，迫使他無法再待下去吧。明明聽從常務的指示就行了，無奈幼稚的英雄心態作崇，促使他魯莽行事。只是修改一下會議紀錄而已，這是任何一間公司都會幹的事，不是嗎？根本沒什麼好大驚小怪的。紙屋先生應該乖順些，畢竟不管怎麼樣，員工都不能忤逆上頭的意思。或許佯裝不知情、繼續被騙還比較幸福吧？雖然紙屋先生耀武揚威地說『我覺得正因為是這種時候，所以寫什麼內容更重要』，但他的內心肯定很後悔。」

我將沉甸甸的資料帶回家，放在書櫃前方，啟動電腦。

腦中迴響著榮倉小姐說的話。總有一天，一定會有人向常務舉發我的惡意背叛，讓我在這間公司待不下去。

我先想到房租一事。歐澤專務與栗丸先生很快便確定要跳槽到哪裡，但我想應該沒有哪間公司肯雇用像我這樣的人。

也許該準備回老家當啃老族。看來又要讓哥哥失望了。

我無法思考今後的事，因為一想，內心便湧現昏暗的濃霧。不想再給家人添麻煩，但就算死了也還是會給他們添麻煩，乾脆就此人間蒸發算了。還是去打零工？或是淪為吃住公園的流浪漢？

但在這之前，我無論如何都想寫東西。

對於刊載在【書寫我待的這間沒救的公司】部落格裡，那些榮倉小姐因為太在意瀏覽人次而寫出來的、扭曲事實的文章，我必須提出反駁。

也就是說，我開始重新改寫這些文章。

不管是拚命構思告知大家務必接受預防接種的通知函，還是被渡邊先生的熱情打動、初次書寫提案資料，抑或是發想安全標語、猶豫著是否要幫人代寫專欄時，找到了自己在這間公司的定位。就在我懷著被榮倉小姐徹底否定的不甘心，試圖推翻她所說的話而不停書寫時，想到有人指名要我負責會議紀錄的事，也想到自己雖然不認同榮倉小姐的部落格貼文，卻打從心底尊敬她面對研發工作的態度。

我打算寫完後在網路上發表，所以人名部分都用榮倉小姐部落格上的假名。這麼一來，她的部落格粉絲應該會注意到這篇文章是「紙屋」的反駁文。

畢竟自己的事被別人扭曲得那麼慘，理當反擊。總之，我的內心滿是對榮倉小姐的憤怒。

我並沒有後悔。不管是來到這間公司、發揮文筆書寫公司內部文件，還是力求文件內容的真實性。這些我絕不後悔。

因此，我要盡可能地誠實書寫。因為不想變得跟常務一樣，所以連對自己不利的事也寫進去。正當我在和部落格上所寫到的「不是每個人都支持紙屋先生做的事」這句話交戰時，窗外變得明亮。我的關節發出吱嘎聲，身體累到快解體似的。一口氣宣洩所有情緒後，內心變得空蕩蕩的，從體內深處湧現一股莫名的能量，不停空轉著。有股要是不立刻衝出去晃蕩便無法消化的衝動支配著全身，淚水在眼眶裡打轉。

我不得不跟最上製粉的同事們道別。

一想到必須離開那些認同我能力的人們，就覺得人生彷彿被消除得一乾二淨。

我絕不後悔。……是這樣嗎？真的是這樣嗎？

——他的內心肯定很後悔。

每次呼吸時，榮倉小姐的那番話就像一把鋸齒狀的麵包刀，反覆地拔出、刺入我的胸口，逐漸吞食我那靠不住的衿持。不是也有不忤逆常務、安穩度日的選項嗎？那就是成為常務的左右手，只要處理文書事務便能領到薪水，我不只一次眷戀地想著這樣的未來。

公司內部文件必須書寫真實。

然而，墨守這個原則的結果，就是梯子被搬開，一個人孤伶伶的。

比起被炒魷魚的恐懼，面對輝一郎的大發雷霆更令人害怕。我的腦海裡不斷浮現常務手上的那道傷疤。

我到底做了什麼無可挽回的事？

深深傷害了最上製粉嗎？

果然，要是不那麼做就好了。只要乖乖聽命行事，不看、不聽、不多嘴就能活得安穩。我不禁想像和栗丸先生、榮倉小姐、渡邊先生像什麼都沒發生一樣，一如往常地交談、活在另一個未來的自己的笑容。

不，這是多麼令人難以忍受的醜陋模樣。雖然我努力說服自己當時所做的事情並沒有錯，五臟六腑還是被內心深處湧現的焦慮感燒灼著。

打從我故意誤寄兩份會議紀錄的那一刻起，修改前的一字一句每晚都清清楚楚地映現在腦子裡。要是刪掉這裡就好了，要是那裡也刪掉就好了，每當我這麼想時，就會不自覺地一直搔抓耳後。

為什麼是我？為什麼社長、專務、常務要讓我受這種煎熬？我只是負責會議紀錄而已，而且還是非正式的會議紀錄。

我也很氣自己總是這樣，明明膽小卻如此蠻幹。忤逆上意根本就不是我這種不知何去何從之人該做的事，要是不亟欲表現我喜歡寫東西、當初不進這間公司就好了。我甚至覺得自己來到這世上就是一個錯誤，只想抹去一切、刪除一切。幼稚的英雄心態作祟。

也許是吧。希望自己來世能成為像哥哥那樣腦筋更靈活、更有膽識的人。我就這樣倒頭沉睡。

「喂、你還活著嗎？」

我被敲門聲吵醒，瞧了一眼時鐘，已經過了中午。我打開門，原來是哥哥。

「幹嘛？」

「來接你啊！」

我瞅了一會兒哥哥的臉，猛然想起收到他傳來的郵件，說要帶滿月的女兒回來，順便接我一起回老家，我竟然忘得一乾二淨。

「最近都沒收到你的mail。」

我跟在邊走邊這麼說的哥哥身後，鑽進車子，瞧見又長大一些的侄子們和嫂子坐在後座，一旁的侄女則裹著毛巾被沉睡著。我羨慕老哥的人生如此順遂的同時，內心也焦慮不已。

坐在副駕駛座上的我，將最上製粉的現況告訴哥哥。

我叮囑他千萬不能洩漏出去後，隨即全盤托出，因為要是不說給誰聽的話，我的耳後勢必會被抓到破皮。

「你又暴衝啦！」

哥哥邊打方向盤邊說。

「跟著常務做事也不錯啊！反正還是有薪水可領。」

他也是這麼想嗎？我回了句「太遲了」，整個人攤坐在副駕駛座上。

「是喔？也許不會有人向常務舉發你啊！好好跟著他做事也沒什麼不好。況且稍微忍耐一下，搞不好時來運轉，只要善用立場、打點好人脈關係，順勢跳槽到關東製粉也不是難事。」

果然我們兄弟倆的作風天差地遠，哥哥的存在突顯了我這個做弟弟的有多麼不中用。我沉思一會兒後，說道：

「我不想被逼著寫自己不想寫的東西。」

「你也挺頑固的！」

「我和老哥不一樣。」

從小我就這麼叫他，只是在嫂子面前覺得有點不好意思。

「還沒上車之前我也在想，要是像你說的那樣去做就好了。但我果然還是沒有那麼精明，沒辦法昧著良心偽造文書、欺騙同事，只求明哲保身。」

我看見車窗外有一間個人經營的麵包店，整齊排放在展示櫃裡的麵包發出金黃色的光芒。

「也許我永遠長不大，一輩子都很任性吧。但不合理的事，就是不合理。就算是上頭下的命令，我的身體也會本能性地排斥。」

所以才沒辦法把工作做好。

我只做自己想做的事。不想做的事沒辦法勉強去做。我就是這樣的人。

「如果可以的話，我也希望自己早日成為正式員工，能夠結婚、生小孩。但對我來說，寫想寫的東西更重要，就連自己也無法控制這樣的心情。所以就算時空倒轉、可以重新來過，我還是會犯同樣的錯。……對不起，我是個沒用的弟弟。」

哥哥不發一語地開著車，過一會兒喃喃道：

「我明白了。你和我不一樣，從以前就是個沒有欲望的傢伙。」

我並非沒有欲望。我比別人加倍渴望自己寫的文章得到讚賞，所以才可怕。因為希望被常務讚賞，或是在壓力的驅使下，甚至可能會寫出自己根本不想寫的東西。我很清楚自己有著如此卑鄙無恥的欲望。

「我很羨慕你。」

前方亮起紅燈，哥哥踩剎車，讓車子緩緩地停下來。

「你有著別人沒有的長處，我好羨慕！因為我沒有那種東西。」

騙人。我凝視著哥哥的脖子。他才擁有許多我所沒有的東西。

「……是真的喔！」

坐在後座的嫂子有點不好意思地插嘴。

「你哥啊，是為了養家、為了工作，才一直撐過來的。他沒有什麼無論如何都想做的事。」

嫂子又說。

「沒錯！」

哥哥用使性子般的口吻回答。

「所以啦，你只要做你想做的事就行了。雖然你覺得自己很任性，但我不認為，因為公司本來就是為了「要做自己想做的事」的人而存在的。」

我的腦中突然浮現榮倉小姐揉麵團的模樣，也想起大山先生述說自己因為研究粉塵爆炸事故而有機會進入這間公司的樣子。

「就是要有我這種雖然沒有特殊專長、卻有膽識與謀略的傢伙四處奔走，來實現你們這種傢伙想做的事，這就是公司囉。」

我想起搓著雙手、央求常務看看新提案資料的渡邉先生，還有就算對小麥過敏、還是堅守崗位的工廠員工們。

「自己想做的事就貫徹到底，但不能對誰都聽命行事，榮倉小姐也不例外，你要服從的人只有你自己。萬一丟了工作也不用擔心啦！我會養你的。」

「你哥他啊，蓋好那棟大樓以後就要回日本了。」

大嫂補上這番話。

「我也打算復職。所以囉，你要是沒工作，可以先幫我們看顧小孩、代寫小學要交的作文。我也想請你幫我準備簡報資料之類的。」

「代寫作文？不好吧。」哥哥笑了。「是吧？」

我不知如何回應。

「那批改總可以吧？……總之，不必顧慮我們啦！」

我低著頭。當初因為不想成為家人的負擔而進入最上製粉，沒想到家人們也擔心自己成為我的心理負擔。

我望著沉睡的姪女，和正嚼著薄餅的侄子們。就算丟了現在這份差事，我也想找一份能讓孩子們引以為傲的工作。

過了幾天後的週一早上，我走進社長室，一如往常地擦拭辦公桌。輝一郎有潔癖，桌面始終保持得很整潔，所以擦拭起來也很輕鬆。

昨晚為了寫反駁榮倉小姐的文章，很晚才睡覺，但已經沒了想放上網路公開的念頭。當我決定不想讓任何人看以後，更能坦率地吐露心聲，光是書寫就覺得心情好平靜。

今晚也來寫吧！在我用力擦桌子時……

「紙屋。」

有人叫我。回頭一瞧，原來是輝一郎。我低頭看向手中的抹布。

（糟了……是不是我擦得太用力啊？）

雖然他也曾在我打掃時走進來，但今天是頭一次向我搭話。心想可能會挨罵的我，不由得縮起身子。輝一郎卻語氣淡然地說：

「我看過會議紀錄了。」

我刹時屏息。是哪一份會議紀錄？寄給常務的修改版？還是寄給其他員工的原始版？莫非有人告密？

「你照常務說的修改，是吧？」

他看的是修改版嗎？我鬆了一口氣的同時，卻又覺得心虛。

我背叛了輝一郎和常務。雖然不後悔這麼做，但面對他時，卻還是不由得想起是他讓我面試過關。看來我真的應該辭職，畢竟厚著臉皮當常務的跟班實在有違我的本心。

沒想到輝一郎對我說：

「我想請你幫忙寫講稿。」

「蛤？」

回應得如此失禮的我，一時之間無法理解輝一郎的意思。

「下週一要開記者會，所以在這之前得集合全體員工，發布我們與關東製粉決定合併一事，希望你能代為撰寫講稿。」

「社長的講稿？這麼重要的東西……交給我寫？」

「只有你清楚知道事情的經過，又寫得一手好文章。」

「可是我無法寫出社長內心的想法。」

為什麼輝一郎要放棄這間公司？這是我最想知道的事。

「沒必要寫什麼內心的想法。只要清楚傳達公司的決定，告訴大家一切照舊，不會有任何改變就行了。」

這種事我做不到，因為早就有很多事已經改變了。

「那個……如果只是要說這些事，我覺得根本不需要講稿。」

我想委婉拒絕，輝一郎卻悄聲嘆氣，將公事包放在桌上。

「我在人前不擅表達。」他說。

就在此時，桌上的電話響起。輝一郎接起電話，眼神銳利地看向我，應該是示意我出去吧？

真是的，沒能推掉代寫講稿這件差事。就在我不知所措地走向茶水間清洗抹布時，渡邉先生慌慌張張地走過來。

「紙屋，快幫我把放在你身後冰箱裡的炸雞樣品拿出來，快啊！」

我照他說的拿出樣品。渡邊先生一面將東西裝進紙袋，一面問我：

「你要辭職嗎？」

我垂著眼說道：

「……嗯，畢竟做了那種事，很難不引咎辭職吧？」

「蛤？啥？就因為會議紀錄的事？你腦子秀逗啊？要是因為那麼做就要辭職，那我起碼要辭個二十次吧。」

「可是就算我留下來，也是跟著常務做事。」

「那就只能對你說節哀順變。不過對關東製粉來說，等一切交接結束，常務就成了沒用的棋子，風向肯定馬上就變了。」

栗丸先生和哥哥也說過同樣的話。

「渡邊先生不辭職嗎？」

「我？才不會辭職呢！」渡邊先生神情認真地說。「我還有房貸要繳。」

「咦？是因為這原因啊？不是因為對公司有著情義？」

「我說你啊，也太信奉常務負責主導的那本社史啦！那只是美好的回憶，只是美談。大家都是為了生計而工作，情義什麼的不能當飯吃啦！」

——帶給心靈與身體營養。

腦子裡浮現古早社訓。滿輝為戰後深為食糧危機所苦的人們創立了最上製粉，這是不爭的事實，社史也刊載了當初他表明決心的親筆信。

原來如此。為了生計啊！這就是公司的原點嗎？我楞楞地思索著。

「不過啊，你和榮倉還是去有前途可言的公司比較好。趁年輕時多闖闖很重要喔！這種時候有能力的傢伙都會辭職，留下來的都是必須養家餬口的中年人。」

渡邊先生的表情有點落寞。這位大叔還不知道他的宿敵，栗丸先生已經確定跳槽到別間公司。我不由得別過臉。

「我不像榮倉小姐，應該沒有公司願意雇用我吧。」

「蛤？為啥？」

渡邊先生一臉詫異地這麼說之後，隨即快步離去。

理由再清楚不過，因為我除了寫東西之外，沒有其他長處。雖然這間公司的人對我很好，但不是去任何地方都能如此好運。仲介工作的人也說過，公司不講求什麼寫作能力。

栗丸先生做到這個月的月底，看來我也應該準備提出辭呈。

這麼一想，就忽然很想幫社長寫講稿，也許往後再也不會有機會寫這樣的東西了。

不，不能出手幫忙。都是他，我才會如此後悔、痛苦，不是嗎？不碰不想寫的東西、不再聽從任何人的指示，我才剛這麼發誓過，不是嗎？

我邊摺著抹布，邊被內心「寫吧、寫吧」和「這麼做只會招來痛苦，還是不要吧」這兩種聲音折磨著，覺得頭好痛的我走進洗手間的個室，掏出手機。然後，我怔住了。

（榮倉小姐的部落格更新了。）

自從上一次更新以來，榮倉小姐就徹底地躲著我，我還想或許我們會這樣不相往來直到離開公司呢。

好像是昨晚更新的樣子，標題如下：

『誰才有資格書寫這間公司？』

我眨了眨眼，感覺好像和之前的貼文不太一樣。反正都是在攻擊我吧？我輕嘆一口氣，有所覺悟似的看著第一行。

「我贏不了紙屋先生。」

我又眨了眨眼。

「當我窩在部落格發表文章時，紙屋先生在為公司書寫各種文書資料，這也是讓我看他很不順眼的原因。」

榮倉小姐到底怎麼了？我感覺心跳加劇。

「同事們看了他寫的文章，真的多多少少都做了一些小小的改變，為此我感到很不服氣。那種文章我也能寫。只是覺得就算寫了，世道也不會起什麼大變化，所以才懶得動筆。可是，就在我什麼也沒做的這段期間，公司卻有了很大的轉變。」

後面還寫了創辦人的後代放棄經營這間公司，打算將經營權讓渡給體制更老舊保守的企業，還寫了紙屋先生（假名）被指示竄改會議紀錄一事，以及他將真相暴露給公司所有人知道。

常務要是看到這篇貼文，肯定會想方設法地掩蓋吧？榮倉小姐還在文末寫道：

「紙屋先生不屈服於壓力，也不怕被傷害，堅持書寫真正的公司。相較於他，只會一味批評別人、絕對不讓別人批評自己的我，到底在寫些什麼呢？」

心跳聲變得更大、更吵。

「我只在意那種微不足道的事，只會躲在這裡發牢騷，只喜歡寫些對自己有利的事。光是看到瀏覽人次不斷攀升就覺得好痛快，簡直和麻藥沒兩樣，那是用來美化逃避現實的自己、一種讓人上癮的麻藥。然而，當嚴苛的現實來到眼前，麻藥已然失去效用。我應該多寫些自己熱愛的工作，像是絞盡腦汁研發麵包、聊聊自己好愛的這間公司，就算沒人要看，就算無人回應，我也應該寫。明明想寫的東西好多、好多，比起進公司才三個月的紙屋先生，我有更多、更多想寫的事。」

這篇貼文的字數比之前的文章多了三倍，我忘情地讀著。

「雖然現在說這些都沒用了，但如果我早點這麼做，不是讓那些不認識的人看到，而是讓身旁的人看到這樣的文章，或許事情就不會變成這樣了吧。搞不好社長並不想賣掉這間公司，我這兩個禮拜都在苦惱地思索是否有這麼一點點可能性。」

這篇貼文的瀏覽人次高達五百二十五人，是目前為止最多人瀏覽的一篇，但我看了一下留言欄，總是會來附和那些批評大叔文章的熟客，今天卻一個也沒留言。

倒是有從沒見過的陌生帳戶留言。

「我們待的應該是同一間公司吧？我就是你說的沒路用大叔。」

留言這麼寫道。

「一直都有關注你的部落格，這是我第一次留言……加油喔！」

身體比腦子先動作的我，只想趕快見到榮倉小姐。

當我步出洗手間時，恰巧遇到她。只見她一臉驚訝地看著急忙衝出洗手間的我。

「那篇貼文寫得真好。」

我只吐得出這句話，想不到比那個留言更強而有力的話語。我不懂製粉，也不懂怎麼製作麵包，更不懂業務方面的事，所以實在說不出「加油喔」這種鼓舞對方的話。

「你看過啦？」

榮倉小姐苦笑。

「看來我的身分快要曝光了。沒想到除了紙屋先生以外，其他同事也會看。」

「不必在意這種事，繼續寫就對了。」

可能我在看貼文時，一直張著嘴巴的緣故，以致口乾舌燥，連話都說不好。

「我會看，看榮倉小姐寫最上製粉的事。」

我說不出口自己打算辭職的事。要是她一副事不關己的樣子，隨便回一句「喔？是喔」，我恐怕連今後繼續走下去的力氣都沒有，所以只敢這麼說。

「至少我今後會想看，而且會一直看下去。」

榮倉小姐微笑，一臉神清氣爽地說：

「那……身為競爭對手的我們，今晚要不要一起去喝一杯？」

我猶豫著該不該書寫那一夜，我和榮倉小姐之間的事。

什麼事都沒發生。一定是我誤會了，因為她不可能跟我發生什麼踰矩的事。

榮倉小姐帶我去公司附近的義大利餐廳。不同於渡邉先生帶我去的那間居酒屋，用餐環境十分明亮整潔；不過整間店氣氛熱絡，充滿了喜愛美食之人，這一點是一樣的。榮倉小姐啜飲了好幾杯酒。

「不管是去關東製粉還是工廠，都還能做與研發有關的工作吧。反正最上製粉並未消失，只要需要製作麵包，我還是能發揮所長。或許會有些改變，但也不全然是壞事囉。」

榮倉小姐有著閃耀的未來，替她高興的同時，一想到自己的事又心情沉重。

「你有什麼煩心事嗎？」她問。

我猶豫片刻後，說出社長請我代筆一事。

「你就幫忙寫啊！」

「可是一想到有很多同事像榮倉小姐一樣必須接受改變，還有一場硬仗要打，我實在不想幫忙寫什麼一切都沒改變之類的講稿。」

「不照他說的寫不就好了嗎？反正紙屋先生一直都是這樣啊！啊、對了。你想像社長的真正心情來寫，如何？」

榮倉小姐總能說出我沒想到的事。

「富三代的心情哪是我能想像的啊？」

「是嗎？我覺得社長和紙屋先生挺像呢！一樣都很自卑吧。」

家人都很傑出，過著一直被拿來比較的人生，這一點的確很像。

「但我們煩惱的等級不一樣。」

「是喔……。真的不寫嗎？」

榮倉小姐一臉無趣地說。她一個人喝光一瓶酒，我勸她別喝太多她也不聽，一直說著工作的事。我想關東製粉就算不接手包餡麵包這塊事業，也會留住這樣的人才吧。

「紙屋先生別辭職喔！你應該有被慰留吧？」

我露出曖昧的笑容。

雖然她要調去關東製粉，但只要我不辭職、待在同一間公司，還是能時常碰面吧？我依戀不捨地想像過好幾次這樣的未來。

我們步出餐廳，一起走到車站。榮倉小姐對我說：「我們去紙屋先生的家吧。」她家在埼玉縣比較偏僻的地方，現在連末班車都沒了。可是一個女孩子借住在獨居的單身男人家，好像不太好吧？

我提議去網咖，卻被她搖頭否決，可能是因為喝醉了吧？應該是。

但萬一沒醉的話，這又是怎麼一回事？

〈榮倉小姐說要去我住的地方。順帶一提，日本這邊現在是深夜。〉

就在我寄出請哥哥代為判斷的郵件時，榮倉小姐已經走進電車車廂。沒辦法，只好在過了五站後、離我住的地方最近的車站下車，車站附近的咖啡廳都關門了。

我只好帶她回住處。就在我們進屋時，收到哥哥的回信。

〈進屋後，從後面抱住她，之後就看著辦。〉

我望著站在床前的她，以及那纖瘦的肩膀，真的很氣提這種餿主意的哥哥。我要是這麼做，她會原諒我嗎？她可是榮倉小姐。要是我真的幹了這種事，不就和常務、渡邊先生歸為一類嗎？她恐怕永遠都不會理我了。

可是，也只能趁現在表白自己的心意。

腦子頓時一團亂，我的心意到底是什麼啊？

「……紙屋先生。」

榮倉小姐回頭，一臉緊張地瞅著我。

我的心悸動著，記得自己有股想握住她的手、一把拉近的衝動。反正我就要辭職了，要是被她討厭也無所謂。既然是她說要來我這裡，就代表她有這個意思，不是嗎？說是對方主動也不為過，機會僅只一次啊！

就在這時，榮倉小姐開口：

「這是什麼？……這上面寫著『紙屋』。」

她指著一疊紙。那是本來為了反擊榮倉小姐而正在寫的文章，列印出來後隨手扔在床上。我頓時驚嚇得毛髮倒豎。

「這是我在部落格上用的假名吧。你在寫什麼？」

「還是別看比較好。」

我慌亂地收拾那疊紙。

「蛤？為什麼？給我看。」

「我會不好意思。」

「你不也看了別人的部落格嗎？我要看紙屋先生寫的東西！幹嘛藏起來？」

我寧可從身後抱住她，也不想給她看這東西。

「算了。」榮倉小姐一屁股坐在床上。「我要睡了。」

「蛤？……是喔。妳是來睡覺的嗎？」

「不然呢？」

「沒事。……睡吧。」

她只是單純覺得睡別人家不用付錢，根本沒把我視為戀愛對象吧。果然沒聽哥哥的建議是對的，差一點就惹禍上身。我拾起掉在地上的毛毯遞給她，榮倉小姐順手將毛毯往身上一蓋，縮著身子面對牆躺著。

我要睡在哪裡比較好呢？雖然有地板這個選項，但睡在同一處空間就怕被對方誤會別有居心，於是我決定抱著那疊紙，睡在鋪著毛巾的浴缸。雖然睡在這裡肯定無法熟睡，但我還是怕被奪走似的緊抱著紙。

我硬是閉上眼，但怎麼也睡不著，就在換了好幾個姿勢後，我感覺有陣微風拂過臉龐，好像有人打開浴室的門。

「紙屋先生。」

我依舊緊閉雙眼，抱緊那疊紙。

「你睡著了嗎？」

我盡量讓自己呼吸得自然一點。沒多久，感覺手上的紙被拉扯了一下。不，我絕不鬆手。結果，我在不確定榮倉小姐是否還在的情況下一直裝睡，就這樣不知不覺地睡著了。

等我醒來時，只覺得身體不聽使喚，因為睡姿不良而扭到脖子。雖然那疊紙被拉扯過而顯得有點歪斜，但仍舊躺在我的胸口上。

我窺視擺著床的六疊榻榻米大房間，沒看到榮倉小姐，看來她已經走了。床上擺著摺疊好的毛毯，桌上還留著一張便條紙，上頭寫道：「你就這麼不想讓我看嗎？」

我坐在床上，心想再也沒有比「被別人看到我寫滿真心話的文章」更教人害怕的事了。這樣的我竟然還一直慫恿榮倉小姐寫啊、寫啊，只覺得自己好不堪。

更何況，輝一郎還是要對一群元老級員工演講，內心壓力之大恐怕超乎我的想像。所以他才會請我幫忙寫講稿吧？

（不……等等。）

我揉揉眼，再次思索。如果只是要傳達已經決定的事情，請栗丸先生代為擬講稿就行了。要是栗丸先生的話，應該會照著社長交代的來寫。不對，輝一郎自己寫就行了，何必請託別人？

輝一郎為何要拜託我？一定有他的理由，不是嗎？

——我相信這傢伙總有一天能憑自己的長處，對貴公司有所貢獻。

哥哥低頭行禮說這句話時，輝一郎看起來不太高興。

——我也相信，不然不會錄用他。

輝一郎究竟是看上我哪一點而錄用我？他想向留下來的員工表達什麼呢？

我思忖片刻後，坐在電腦前開始敲鍵盤。

週一，東京總公司的員工聚集在會議室。會議室設有大螢幕與視訊會議設備，所以工廠那邊也能同步觀看。

員工到齊後，輝一郎現身。

上週五，我將擬好的講稿拿給他過目。輝一郎看完這份說明公司沒有任何改變的講稿後，只是淡淡地說了句：

「寫得很好啊！」

無法從表情解讀他的心思。「我再做些細部修改後，當天早上交給您。」我說。

按照約定，我將列印出來的講稿遞給準備上台演講的輝一郎。

「謝謝。」

我緊張地目送著道謝後走上講臺的他。

員工們坐在成排的鐵管椅上，目不轉睛地盯著輝一郎。

這情景和那時候好像。國中畢業典禮時，我直盯著拿著我寫的致答詞站上講臺、身為橄欖球隊員的植木同學，明明不是我上臺，卻緊張到聽得見自己的心跳聲。當植木同學攤開講稿時，我的緊張情緒達到沸點。因為是我費盡心力寫的東西，所以看到女同學們聽到眼眶泛淚時，頓時覺得內心湧現一股力量。就算掛的不是自己的名字也無所謂，只要寫的文章能打動人心就滿足了。我從那時開始就一直這麼想。

「讓各位久等了。」

輝一郎咳了一聲後，攤開我遞給他的講稿。

只見他怔住了。

他的眼瞳微微地動著，很快地掃視講稿一遍。我目不轉睛看著他。

紙上綴滿的文字不同於週五拿給他過目的那篇文章。

輝一郎抬起頭，探詢似的看著臺下的員工。他肯定很疑惑這到底是誰寫的吧。

玄野常務露出不解的神情。

臺下開始瀰漫騷然不安的氣氛。榮倉小姐一臉詫異地看向我，要是她知道我幹了什麼好事，肯定會發火吧。但我真的很希望輝一郎能讀一讀那篇文章。

我寫的那份講稿在我手上。

取而代之的是，將榮倉小姐寫的那篇『誰才有資格書寫這間公司？』的貼文列印出來，交給輝一郎。

——我應該多寫些自己熱愛的工作，像是絞盡腦汁研發麵包、聊聊自己好愛的這間公司，就算沒人要看，就算無人回應，我也應該寫。

輝一郎不可能唸出來吧。

但他應該能瞭解榮倉小姐的心情。從小看著員工在工廠和研發室製作麵粉、揉著麵團的輝一郎，不可能什麼都感受不到。

他應該好好回應這些像榮倉小姐一樣、懊悔著要是自己能做點什麼，或許最上製粉就不會被併購的員工們。

為什麼要賣掉公司？為什麼要拋下這些員工？

其實他也很想說明，不是嗎？所以才會請我幫忙寫講稿。因為他覺得要是我的話，應該會寫出他真正的心情吧。我想寫，我當然想寫。但不應該是由我來寫。

因為只有輝一郎才有資格在最上家的事業，也就是最上製粉一路走來的六十七年，這令人百感交集的最後一天說些什麼。

他沉默片刻後，悄悄做了個深呼吸，說道：

「抱歉。」

這麼說的輝一郎看向高層幹部那邊。他望著常務手上的傷疤，欠身行禮。

「我無法回應阿玄的期待。」

輝一郎應該從小就這麼稱呼玄野常務吧。也許他的父親和爺爺也是這麼叫常務的，畢竟那是員工形同家人的時代。

「我必須向大家道歉。」

輝一郎看向臺下的員工們。

「竄改會議紀錄一事是我造成的。」

我感覺背脊一陣發涼。用竄改這詞，不就表明那東西就是這麼回事嗎？我頓時覺得胃部一帶變得沉甸甸的。

「我也收到說明有兩份會議紀錄的郵件，因為我有兩個信箱，一個對外，一個用於公司內部，紙屋忘了將後者從收件者名單中剔除。」

栗丸先生看起來戰戰兢兢，只見他閉上眼，露出目不忍睹的表情。

「下令竄改會議紀錄的人，應該是揣摩我的意思才這麼做的吧。他應該察覺到我從小就想逃離這間公司，卻又希望保住身為社長的自尊與面子，所以才會這麼做。這就跟我直接指使他沒什麼兩樣。不，其實就算他不下令，打從我指名由紙屋負責會議紀錄時，就默默期待能整理出一份對我有利、也是我所期望的會議紀錄。……總之，因為我的怯弱，促使那個人做出如此痛苦的決定。我要再次向他道歉，對不起。」

我不敢看向玄野常務。此刻的他會露出什麼樣的表情呢？因為知道我背叛他而氣到不行嗎？還是，有著更複雜的心情？

「不過，被拆穿其實也鬆了一口氣。」

道歉之後，輝一郎似乎真的輕鬆不少。

「我從小就知道大家覺得我不夠大器、沒出息，事實上，我的確就是這樣的人。無奈除了我之外沒人能繼承這間公司，所以繼承家業這件事就像搖籃曲一樣伴隨著我長大。我必須背負所有員工的生計，不能擁有自己的夢想，必須將一切奉獻給這間公司。」

此刻的輝一郎看起來就像個平凡的三十五歲青年。

我用沒拿給他的講稿反面，記下他說過的話。因為覺得只有自己能做這件事。

「我當上社長後，幾乎每天晚上都失眠。我想，前任社長之所以英年早逝，說到底就是沒做好自我健康管理，所以我真的很氣菸不離手、酒不離口的父親。等我好不容易睡著後，對我嚴格要求的祖父就會出現在夢中，怒罵我沒出息。前兩任社長所處的時代是日本經濟不斷發展、只要肯努力就有機會實現夢想的時代，但現在不一樣，大環境真的很差。……我也很討厭把什麼都歸咎於外在環境因素的自己，於是我夜夜做惡夢，一進辦公室看到大家就很害怕，不想讓你們知道我是個無能的社長。」

從臺下傳來奚落聲：

「我早就知道事情會變這樣！」

原來是渡邉先生。只見坐姿粗野的他繼續吐槽：

「我們大家都知道小輝沒膽識的一面啦！」

輝一郎聽到這句話，情緒反而舒緩不少。

「也是啦！所以我根本沒必要一個人躲在社長室吧？也許我應該向大家求助，或是聽從歐澤專務的意見，不放棄地繼續尋找一條活路。但膽小如我，只能做出這樣的決定。」

站在我身旁的栗丸先生開口：

「有時候，膽小之人所做的決定反而更契合時機。」

栗丸先生抬起臉，注視著輝一郎，用平靜卻篤定的聲音說：

「新一波的危機即將到來是不爭的事實，要是逞強蠻幹的話，只會迫使大家一起陷入窘境也說不定。企業家懂得早點收手，或許也會被後人視為一種英明果斷。」

「……現在想想，阿良先生也不是那麼完美的老闆嘛！」

渡邉先生對身旁的大叔低聲說道。

「阿良先生有時候做事太衝動，像粉塵爆炸時就突然衝進火場，差點連我也一起遭殃哩！而且啊，事後老社長只痛扁我一個人，根本就是父子聯手的職權騷擾嘛！是吧？」

「渡邉先生沒資格說別人職權騷擾吧？」一位大叔回道。這番話逗得大家哈哈大笑。

輝一郎重整站姿後，向全體員工報告決定與關東製粉進行合併一事。

「公司今後恐怕會有各種改變吧。但也有不變的東西，那就是人要是不吃東西就無法活下去，要是沒有把肚子餵飽就無法笑、無法哭，也無法工作。今後我也會以各位的工作、以最上製粉為榮。」最後還說了這番話。

臺下響起掌聲。

我不停動筆寫著，將最上輝一郎社長最後的一番話，一字一句不漏地書寫下來。就在我寫完最後一個字時……

「……紙屋。」

這一聲喚得我抬起頭，輝一郎站在我面前。

「這是誰寫的？」

他將榮倉小姐寫的那篇文章遞給我。

「這是部落格的貼文吧。哪個部門的人寫的啊？」

「我不能說。」

「如果可以的話，我想當面向她道謝。」

「因為這是匿名寫的文章，我想作者本人不希望身分曝光。」

「這樣啊。」

輝一郎輕輕頷首。

「……謝謝你，紙屋。從最後一關面試，不、從看你的履歷表那時開始，我就覺得你總有一天能幫助我，不知道為什麼，我真的這麼想。……不過，有點後悔雇用你，因為你連打掃社長室也做得很馬虎。」

眼前這位比我年長三歲的青年，褪去社長這副鎧甲後，看起來是那麼地平易近人。

「我雇用了你，卻沒辦法再對你的將來負責，對不起。」輝一郎說。

我搖搖頭。接著問他：

「我對公司有貢獻嗎？」

只見輝一郎的嘴角微揚，說了句「這個嘛……」，接著又說：

「至少有幫助到我。」

輝一郎步出會議室，員工們也各自回到工作崗位。此時此刻，大家都露出神清氣爽的表情。

只有玄野常務還坐在椅子上。因為他面朝另一個方向，所以瞧不見他臉上的表情。只見他不停輕撫手上的傷疤。

從隔天開始，我就被栗丸先生催促要盡快做好給股東、客戶的新社長問候函。

我和榮倉小姐繼續掃描資料，然後將掃描過的資料放進碎紙機處理掉。雖說如此，我還是偷偷把一些資料帶回家。另一方面，也開始進行資料庫的書籍銷毀作業。

「這本社史沒有發給一般員工吧？」

榮倉小姐從書櫃抽出來的最後一本書，就是供閱覽用的《最上製粉　一路走來充滿感謝的六十五年》。這一本也要銷毀，因為栗丸先生說只要放一本在社長室就行了。

「妳要不要收藏一本？也許是個很好的紀念。」

榮倉小姐領首，拿著這本社史走向自己的置物櫃。

資料庫於兩週後淨空，取而代之的是，運來一大堆關東製粉的樣品。研發室解散的日子也確定了。

解散前一天的午休時間，榮倉小姐搬著放滿試作品的不鏽鋼盤，走進辦公室。

「我把剩下的所有冷凍麵團都烤成麵包了。」

她將麵包分給每位同事。

「因為做了很多，可以拿一些回去給家人吃。……啊、不過，因為還要分給其他樓層的同事，所以請別全部拿走唷～」

「榮倉妹妹，餵人家一口啦～」渡邉先生又來了。

「這樣可是性騷擾喔！」榮倉小姐爽快地拒絕。「渡邉先生還活在舊時代。」

我楞楞地想著。榮倉小姐今後會過著什麼樣的人生呢？一定能覓得良緣、有自己的孩子，就像哥哥一樣過著幸福的生活吧。

玄野常務回到工廠，不過聽說他為了配合新社長就任一事，於下下個禮拜開始調職到東京。我已經遞出辭呈了。聽栗丸先生說，常務默默收下我的辭呈，並未慰留，所以兩週後我就要離開這間公司。

但在這之前，我還有一件事必須完成。

回到住處的我坐在電腦前，一直敲鍵盤直到天明。這兩週來，我每天晚上都是這樣，所以白天都昏沉沉地猛發呆。

房間大半都被堆積如山的資料吞沒。我挖掘埋藏在各種公司內部文件裡頭的歷史，書寫文章。

應該說，書寫社史。

也就是編纂《最上製粉　一路走來充滿感謝的六十五年》之後的公司歷史，記錄從輝一郎就任社長到引退，這兩年來的點點滴滴。我想，除了我之外不會有人想寫這種東西。

寫完這個就是我離職的時候。其實，早在發現正式成為分公司以後，最上製粉就不會再編纂社史時，我就已經決定這麼做。

渡邊先生說他是為了養家餬口而工作，但我不一樣。我無法像他那麼識時務，只想寫完想寫的東西就辭職。下定決心後，總算能調整好心情。

為了不去想將來會如何，我埋首書寫。

試著上網查查印一本書要花多少錢，果然布面精裝本的印製費不便宜，要印製一定的量可不是我的薪水負擔得起。我再深入調查，找到有代為印製同人誌的公司，而且平裝本的印製費用便宜許多，只需一個禮拜便能完工。換句話說，我必須在一個禮拜之內寫完這本社史。

我趕緊寫了一封信給某人，只有那個人能幫我補足這本社史的內容，結果不到一個鐘頭便收到對方爽快允諾的回覆。

我就這樣不停寫著，也明白這麼做很自以為是。

週一早上九點整，關東製粉的常務，也是最上製粉的新社長榊原伸一來到東京分公司。

正在社長室擦桌子的我聽到開門聲，回頭一瞧原來是輝一郎。

即將擔任一年顧問的他，一見到我便露出微笑。

「這位是總務部的紙屋。」

他向新社長榊原先生介紹我。

「你就是紙屋啊！鶴屋麵包的包餡麵包提案資料就是你寫的吧？我也看過了，寫得非常好。」

「是啊。可惜今天是他在公司的最後一天。」

玄野常務站在輝一郎身後，這兩週的他看起來盡顯老態。他連瞧也沒瞧我一眼，似乎當我不存在。

「那裡放的是最上先生的藏書嗎？」

榊原新社長站在書櫃前，裡頭放著一整排與法律相關的精裝書，他瞇起眼眺望著書背，然後伸手抽出其中一本。

被抽出來的是一本厚厚的布面精裝書，上面印著燙金字體的書名《最上製粉　一路走來充滿感謝的六十五年》。

新社長對一臉訝異的玄野常務說道：

「我想先瞭解一下大家一路是怎麼走過來的。我在之前待的公司因為疏忽這一點而吃了大虧。記得這本好像是常務負責編纂的？應該加了不少想法與情感在裡面吧？」

「呃……是的，是這樣沒錯……」

「六十五年的話，應該是寫到良輝先生驟逝的那一年吧。所以沒寫輝一郎先生上任後的事嗎？」

感覺榊原新社長的腦子裡已經塞了個粗略的年表。玄野常務勉強擠出笑容，說道：

「哎呀！只是兩年而已，沒什麼您會感興趣的事啦！」

「我對於近期的事反而比較感興趣。」

翻開封面的新社長發出「嗯？」的一聲，蹙起眉頭。我緊握著手。

不會吧……他正在看的是……。

我屏息注視著他抽出來的東西，那是我趁剛才清掃社長室時，偷偷塞進社史裡的著作。

「這本薄薄的冊子是什麼？上面寫著……《嘗試錯誤的兩年　紀念併購一事》的書名。」

「紀念併購一事？」

玄野常務一臉困惑。我只好出聲：

「那是記述六十五年社史之後的兩年時間，也就是新社史。」

三人陷入沉默，不發一語的輝一郎只是望著我，直到玄野常務劃破沉默。

「這是你寫的？居然還自行印製成冊？……為什麼這麼做？」

「因為我想寫。」我回答。

玄野常務露出與其說是憤怒，不如說是疑惑的表情。

「什麼叫你想寫？你只是員工，而且還是即將離職的員工，居然擅自做這種東西，還放進社長室的書櫃。」

「我雖然不清楚原因，不過這麼做也沒什麼不好，是吧？」

榊原新社長一派大方地說。

「是從第三任社長上任以來，一直寫到確定合併為止嗎？這期間發生過什麼事，員工們又是懷著什麼樣的心情面對公司的轉變，我覺得很有參考價值。」

「不、您實在沒有必要花時間閱覽這樣的東西。」

雖然玄野常務趕緊這麼說，但新社長早就開始翻閱。

「我之前看的那份會議紀錄是出自紙屋之手吧？指派紙屋負責記錄會議內容的，是社長還是常務？不管怎麼說，他應該是個值得信賴的寫手吧？」

「是啊。」輝一郎回答道。「他是個值得信賴的寫手。」

「紙屋，你到底打算怎麼樣？」

雖然玄野常務威嚇似的瞅著我，我卻毫不退縮。

此刻的我才明白，沒有做什麼虧心事的人最強。雖然書寫真相是一件辛苦的事，但拜這件事之賜，沒有任何能讓我恐懼的事。

玄野常務要是覺得自己的行為無可非議，那就大方堅持自己沒錯不就得了嗎？

我希望新社史能貼近真實，所以將自己在這間公司的所見所聞，還有從帶回家的資料中讀取的訊息，盡量不帶私情地秉公書寫。

社史要記述的不只是充滿榮耀的過往。

若是不向讀者述說最上製粉六十七年來的歷程以及未來，那就失去了社史的意義。更重要的是，未來必須扎根於真實。

只會自我蒙蔽的公司，背負著滿是疑問的過往，永遠也等不到充滿光明的未來。

我沒想到自己使盡渾身解數寫出來的著作，竟然這麼快就被發現，還能夠託付給這樣一位新社長，我已心滿意足。

「祝您展閱愉快。」

我行禮後步出社長室，隨即回到座位，收拾我那本來就不多的私人物品。栗丸先生已經於上週離職，我向隔壁沒有主人的座位行了個禮、說句謝謝後，走出辦公室。

我窺看一眼吸菸室，渡邊先生正在裡面。

「要走啦？」

「是的。應該是做到昨天為止，今天只是來拿走私人物品。」

還有一件事必須告訴這個人。被渡邊先生吐出來的煙嗆得咳不停的我，說道：

「渡邊先生今天下午會收到一個紙箱，裡頭裝著寫有這兩年來點點滴滴的社史，可以麻煩您代我分送給想要的人嗎？」

渡邊先生一副興味索然的樣子。

「虧你還真能寫出那種無趣的東西！」

「我希望渡邊先生也能看看。」

他吐了一口煙，說了句：「一本要收多少錢？」

「你自己掏錢印的吧？我會幫你加減收費啦！」

「您會這麼說，是打算私吞吧？」

渡邊先生聽到我這麼說，露出詭異的笑容，回答：「就這麼信不過我嗎？」

「別小看我這個跑了幾十年業務的老鳥喔！我會幫忙推銷給關東製粉那些傢伙看，非得推銷到要再刷！不過啊，我是不會看的啦！」

「是喔。可是也有寫到業務部的同事喔！而且寫得還挺帥氣的！」

聽見我這麼說，這個長得像猛禽類的大叔「嗯？」地一聲，露出迫不急待想看的表情。

我最後一次見到榮倉小姐，也是在離開公司後。我們前往位於商店街的肉店。

她已經調職到關東製粉，但聽聞我最後一天進公司，所以專程來送我。肉店才剛開店營業，老闆特地幫榮倉小姐炸可樂餅，還有我點的炸肉餅。

我們坐在長椅上，我將自己編纂社史、自費出版一事告訴她。

「紙屋先生真的是個除了寫東西以外，沒其他興趣的人呢！」

榮倉小姐露出「真是敗給你」的表情。

「我也喜歡閱讀啊！我很期待看到榮倉小姐的部落格貼文。」

「你之後……有什麼打算？」

「再找找能夠接納我的公司。」

我想起四個月前幫我介紹工作時，仲介那傷透腦筋的表情。

「不曉得有沒有這樣的公司就是了。」

聽到我這麼說的榮倉小姐悄聲嘆氣，說道：

「看來你下一間公司裡的人，一定也會很辛苦吧。就各種意思上來說！」

炸肉餅的麵衣好酥脆，而且一咬肉汁就溢出來，真的好美味，感覺心靈、身體都湧現一股力量。

「我們還會再見面嗎？」

道別時，榮倉小姐這麼說。

不曉得耶。她還想再見到我嗎？

我沒回應，邁開步伐。閃過自行車騎得搖搖晃晃的歐吉桑，經過當地人必拜的神社，走過商店街，來到車站。

想起那天為了面試，來到充滿下町風情的街角一隅，最上製粉股份有限公司的大樓那時還稱為東京總公司。

我朝公司大樓所在的方向低頭行禮，說了句「謝謝這段日子以來的照顧」便走進車站。

我就這樣辭掉了最上製粉的工作。

這部作品也該劃下句點了。

但寫到這裡，我還是不太清楚自己的心情。尤其對於榮倉小姐，無法清楚釐清對她的感情。雖然覺得這麼做很不負責，但寫出「完」這個字之後，我便將這些文章用附加檔案的形式，準備發一封郵件給榮倉小姐。

即便害羞到想死，還是希望她能看看。至於她看過後會怎麼想，就不是我能控制的事了。也許會被她徹底討厭，搞不好又在部落格貼文數落我。

縱然如此，我還是無法壓抑自己的真正心意，無法克制希望她能看看這部作品的衝動，也無法忍受我如此忘情書寫的文章竟然沒讓任何人讀到。更何況我覺得自己寫得挺有趣的呀，這種自戀的心情也令我蠢蠢欲動。

我是不是又做了什麼不可挽回的蠢事呢？

無奈我的手和手指不聽使喚，擅自寫起郵件內容。

致榮倉小姐

自那天之後，妳過得還好嗎？

之前我對妳說「還是別看比較好」，真的很抱歉。

成了無業遊民的我所寫的這些文章，已經不是公司的內部文件，所以妳沒有義務要看。雖然不曉得要取什麼樣的書名，但我真的很希望榮倉小姐看看這部作品。

無論是羞恥、後悔，還是我僅有的一點點自尊，一切的一切都拋棄了，我才能鼓起勇氣把文章寄給妳。我知道這樣的行為很任性，也很清楚妳看了以後心情肯定會很差。倘若妳全部看完後還想跟我見面的話，還請回信。

靜待回覆。

前同事　紙屋　謹上

（完）

致高倉英果小姐

五分鐘前，我發了一封附上我寫的作品的信給妳。

當妳收到這封郵件時，或許已經看完剛才那封信了吧。……不，還沒看也說不定。總之，我趕在妳回覆前，又寄了這封信給妳。

附加檔案是非正式的社史《嘗試錯誤的兩年　紀念併購一事》，是我以錦上製粉員工身分所書寫的最後文章。

因應需要，文章裡頭提及了高倉小姐的部落格。對於事後才告知一事，深感抱歉，但我有留意避免曝光妳的身分，所以還請息怒。

基於這是社史的考量，出現在文章裡的員工名字均為本名。因為剛才寄送給妳的那部作品（除了渡邊先生以外）用的都是假名，看的時候可能會覺得有點混亂，不過高倉小姐肯定很清楚誰是誰吧。

懇請笑納。

前錦上製粉股份有限公司總務部 東京分公司總務部分室 菅屋大和

嘗試錯誤的兩年　紀念併購一事

錦上製粉股份有限公司

嘗試錯誤的兩年　紀念併購一事

關於新社史的發行

錦上製粉股份有限公司前社長．現任顧問　錦上光一郎

敝社創立於昭和二十四年，也就是戰爭結束的四年後。

一路走來過了六十七個年頭，我們深深明白消費者追求的是質重於量、附加價值高的商品。製粉業也歷經幾番市場變動與波折。

當我重閱以前編纂的社史《錦上製粉　一路走來充滿感謝的六十五年》，深刻瞭解到無論是哪個時代，前方始終充滿了不確定性。敝社能夠在激烈的競爭環境中殘存下來，說是全靠員工們的努力也不為過。

然而，新時代即將來臨。

平成十六年，小麥政策在相隔五十二年後有了重大改革，促使中小企業的處境更為艱難，政策迫使業界面臨重組壓力。

因此，敝社決定與東洋製粉股份有限公司合作，選擇合併這條路。

坦白說，當我聽聞要編纂新社史時，心想：「明明兩年前才編過社史，需要再編新社史嗎？」而且編纂社史一事，還是由已經確定離職的菅屋大和先生負責。不過，我認為交由決定離職的人負責，才能在無懼任何人的情況下進行這項工作，也因此，我提筆寫了這篇序文。

這部社史是不成熟的經營者，也就是第三任社長的嘗試錯誤紀錄。

若能由此失敗汲取教訓，促使大家朝著未來前進，或許這就是我之所以生在最上家的些許意義吧。

在我任職這段期間，承蒙各位股東、客戶，以及諸位同仁的莫大支持與幫助。

第四任社長檜原恭二先生也給了我「必當守護錦上製粉全體員工的生活」如此堅定的承諾。

謹以本史發行的這篇序文，再次致上我無盡的謝意。

平成二十八年七月吉日

歷經重重波折的時代（回顧創業以來的六十五年）

敝社並非安安穩穩地走過六十五年的歲月。

戰後退伍的錦上重光回到故鄉，目睹為食糧所苦的人們。重光懷抱的深切使命感，清楚反映在創業時的社訓「帶給心靈與身體營養」。他克服草創時期的困難與混亂，建蓋工廠，當敝社被指定為供給學校營養午餐所用麵粉的加工廠時，欣喜萬分的重光還去了工廠附近的小學，看看孩子們嚼著麵包的模樣。

昭和二十七年，原本由政府全面掌控的製粉業朝向自由化發展。隨著日本人追求更豐富的飲食生活，市場競爭亦日趨激烈。

重光招聘技術人員，大幅提昇製粉技術。辛勤的努力終於有了代價，敝社與龜屋麵包股份有限公司展開合作，成功打入麵包業界市場。

此外敝社亦領先業界、引進最先進的氣動控制技術，建設新工廠。一想到因未能導入此技術、不久後慘遭淘汰的麵粉工廠竟有近三百家，便明白重光所做的決定深深左右著公司的命運。

縱使進入高度經濟成長期，錦上製粉的前途依舊充滿挑戰。因應消費者不斷變化的生活形態，研發商品成了當務之急。

站在第一線的是之後成為第二任社長的雅光。他活用在業務部習得的經驗，配合小家庭興起、女性投身職場等社會變化，不斷研發便利超商專用的預拌粉。

平成元年，製粉工廠發生粉塵爆炸事故，導致一名消防員殉職，堪稱公司命脈的工廠也在一夜之間付之一炬，這起意外成了員工們永遠無法忘記的傷痛。

時年七十一歲的重光為了調度重建工廠的資金，四處奔走。但就在復興工程開始著手之際，殫精竭慮的他決定引退，於隔年與世長辭。

第二任社長錦上雅光揭示了新社訓「為餐桌注入文化與飲食喜悅」，積極強化公司的品牌形象，以提昇銷售力。

同時，也加強工廠安全防護措施。

平成七年發生阪神大地震，歷經改革、振興的工廠免於全面停擺，不但為了穩定提供關西地區的食糧需求而增加產能，還支援其他公司。平成二十三年東日本大地震時，東京分公司所在地關東地區的業務之所以能受到來自其他公司的援助，也是因為敝社先前的不吝付出。

平成五年，泡沫經濟崩壞得更為顯著。敝社的業績之所以能十多年來始終保持一定水準，是因為當時的財務部部長抱著「切腹的覺悟」說服雅光，歷經裁員、大幅刪減成本等過程，使得業績總算提昇。

另一方面，錦上製粉的工廠強化了食品安全，取得國際標準認證「ＩＳＯ２２０００」等，不斷力求突破。

從法國進口的麵粉品牌「香榭麗舍」也創造銷售佳績，總算熬過雷曼兄弟金融海嘯後的全球經濟慘況。

然而，波折不斷的時代依舊持續著。

敝社因應小麥政策的頒布，進行大規模改革。平成十九年引進進口小麥的行情連動機制、ＳＢＳ（買賣雙方同時投標），結果投標價格深受國際行情影響、不斷翻漲，各公司無不苦思該如何將不斷飆升的成本反映在商品價格上。

此時因政策所導致的業界重組壓力也日漸升高。為了在慘烈的市場環境中生存下來，競爭不斷加劇，原本超過兩千家的製粉企業最後剩下不到一百家。

平成二十三年發生東日本大地震，這起天災深深影響人們的日常生活，加上少子化、高齡化，市場明顯萎縮，進入充滿混沌與不安的時代。

平成二十六年雅光突然病倒，年僅五十八歲的他不久便撒手人寰。發病前，雅光還預定下週出國視察海外市場，沒想到竟發生如此憾事，恐怕連他本人都不曾預料到。

錦上製粉頓時陷入失去會長與社長的緊急事態，由雅光的兒子光一郎就任第三任社長。然而，突如其來的世代交替帶給全體員工莫大的衝擊。

雅光的喪禮結束後，公司方面決定編纂社史，於雅光周年忌時分送給相關人士。這本名為《錦上製粉　一路走來充滿感謝的六十五年》的社史，記述了上述錦上製粉的歷史。

而新的社史則是以光一郎就任後的兩年歲月為主，編綴而成。亦即錦上製粉還稱為「錦上製粉」的最後兩年。

第三任社長錦上光一郎的就任與經營改革

（1）突如其來的世代交替

第三任社長就任於日本表態參與ＴＰＰ（跨太平洋夥伴協定）、消費稅提高為百分之八，亦即對食品產業來說變化甚劇之年的隔年。

對於當時年僅三十二歲的錦上光一郎而言，父親的驟逝無疑是晴天霹靂。原本任職於東京興業銀行的他被迫辭職，在雅光社長的喪禮結束後成為錦上製粉的第三任社長。

無奈就任社長不到一年的光一郎，與公司的高層幹部及元老級員工之間有著莫大的鴻溝。

光一郎試圖在嚴苛的大環境下提昇公司的競爭力，遂挖角原本擔任知名飲料廠商日本乳業股份有限公司歐洲分公司社長的水澤貴一，命他擔任專務一職，祭出以下幾項重點措施。

1. 拓展主要事業的版圖，像是麵粉、預拌粉的市場。
2. 強化內部管理，徹底執行公司內部規章。
3. 加強國際市場的競爭力。

第一項要點是承繼雅光施行的策略，第二、第三點則是光一郎追加制定的。

（2）公司內部的急遽變革

光一郎深感公司內部有許多急待改革的弊病沉痾。因此，他一上任便成立法規委員會，重視職權騷擾、性騷擾等職場問題，以打造友善職場環境為目標。

以往錦上製粉的女性員工一旦生產，不是選擇離職，就是轉調比較輕鬆的職務；隨著少子化問題加劇，將來勢必面臨人才難尋的問題。於是，光一郎著手改革產假、育嬰假制度，並以「十年內催生出女性高層幹部」為目標。

光一郎的另一個懸念是，員工的健康管理做得不夠徹底。對於試吃機會相當多的食品產業而言，員工的健康管理絕對是重要課題。因此，他規定三十五歲以上的員工必須定期做健康檢查。

此外，也縮小了東京分公司的兩間吸菸室及大阪工廠的十間吸菸室空間，且每個人都必須記錄進出吸菸室的時間，由光一郎親自督導。

抵抗新制的同時，亦不下降的員工士氣

（1）元老級員工的抵制

光一郎進行的公司內部改革雖然受到年輕員工的推崇，卻招致元老級員工的不滿。當時的預拌粉工廠廠長酒井利明，於公司內部報刊《麥田》的「員工心聲」專欄，批評光一郎推行的各種改革。

「錦上製粉的公司風氣一向是『自由豁達』的。下班後，上司邀約部屬去各種餐廳吃飯小酌，也是為了研究時下流行什麼菜色，所以這種事要看彼此怎麼溝通，不是嗎？此外，吸菸室可是與其他部門交換情報的地方，要是一味認為舊世代的做法都是錯的，我認為此種想法過於偏頗。」

這個專欄從重光時代就有，是一處讓員工自由表達意見的珍貴場所。然而，光一郎以「恐怕會給年輕員工帶來壓力」為由，指示總務部廣宣室廢除這個專欄，還要求刊載於公司內部報刊上的所有文章都必須經過他的審核認可。順帶一提，不久後酒井廠長遭到解職，調職到物流中心。

（2）決定將總公司遷設至東京

光一郎認為「必須改革被陳年積習束縛、不知變通的舊有思維」，因此決定將總公司從工廠遷至東京。東京總公司是雅光時代為了拓展關東近郊市場而設置的業務據點，只有三十名員工。雖然遭到極力主張「近畿地區才是我們公司的主力據點」、從雅光時代便擔任高層幹部負責統管製造部門的小野善一常務的猛烈反對，光一郎還是堅持這項決定。

東京總公司引進視訊會議系統，打造即便不直接面對面也能利用視訊開即時會議的環境，減少出差所耗費的時間與費用。

光一郎也很重視保全機制，除了由固定合作的保全公司負責公司安全，為了預防發生盜取機密資料之類的偷拍情事，除了將所有窗戶增設百葉窗簾之外，社長室也進行多次隔音改善工程。

小野常務在非正式文件裡，曾針對種種加強保全的措施提出質疑：「可能是不想讓員工聽到他講電話的內容吧。看他的種種作為，根本就是患了疑心病。」

（3）正式進軍海外市場，拓展國內市場

水澤專務負責拓展海外市場，並擬定相關策略。

抱持「相信日本的高品質製粉技術在海外市場亦能獲得好評」的信念，積極與近幾年來崛起的亞洲市場，像是中國、台灣、韓國、印度等當地的品牌經銷商交涉。

另一方面，也試圖重振日趨萎縮的國內消費市場。

例如，當時面臨了自重光時代以來便有合作關係的龜屋麵包股份有限公司，打算撤掉包餡麵包這條生產線的危機，不過負責這個案子的龜屋麵包職員始終抱持著「提振包餡麵包市場需求」的意念，試圖力挽狂瀾。

於是，業務部的資深員工及研發室的年輕同仁積極地研發適合高齡長者食用的麵包。這份不輕易妥協的熱情與努力，贏得龜屋麵包商品部部長的高度讚賞，答應繼續與我們合作。

即便對於新體制有所不滿，但員工的士氣和雅光時代一樣高漲。

【員工的趣聞】

公司內部報刊《麥田》是非常有趣的參考資料，可以一窺各時代員工的生活點滴。在此介紹刊載於「在工廠的二三鳥事」專欄，某位員工所寫的一篇文章。

『N計劃——威脅工廠安全的可愛傢伙們』

品管部・小山創成

我進入品管部之後，首先要挑戰的對象不是粉塵爆炸之類的意外事故，而是小動物們。

有麵粉的地方就會有蟲子、老鼠出沒，但工廠裡還有著更可怕的敵人。

從幾個月前開始，野貓在工廠裡頭昂首闊步，把牠們趕跑後，不久又跑回來。

我試著調查一番，發現工廠腹地有好幾個貓食空罐。雖然問過各部門，卻找不到餵食野貓的犯人，於是我只好親自加班監視。下班後不久，瞧見有個男的走向昏暗的草叢，我趕緊抓住他，原來是我們部門的部長，他說：「當貓咪湊近我時，看著可愛的牠們就覺得心情好好。」部長剛離婚，孩子都跟著母親，所以他又回復單身生活。我們約定好絕不再犯，這一次就算了。

雖然沒人餵食了，卻還是來了一隻小野貓，只能把牠送去流浪動物收容中心。

沒想到我在部內會議報告這件事時，卻飽受批評，什麼「冷酷無情」、「沒想到你這麼沒愛心」等等。這件事一下子就在公司同事架設的愛貓網站傳開，就連從沒交談過的其他部門女同事也對我說：「我沒想到小山先生是這種人，真的很失望。」

縱然如此，驅除害獸可是品管部的職責。

為了將小貓送到流浪動物收容中心，只能先帶牠回宿舍。我抱著因為寂寞一直喵喵叫的小貓，淚水止不住地滑落。

無論是在這裡蓋工廠，還是餵食牠們，都是人類的自私行為。明明如此，為何只有這孩子必須面對可憐的命運呢？我真的很厭惡人類出於自私的所作所為。

我曾想過將牠放生到我老家的後山那邊，卻又擔心破壞那裡的生態環境。其實日本的貓都是外來種，並非日本的原生動物。隔天早上，我請特休造訪專門研究環境問題的研究室，卻遭到指責：「真是的！與其說會影響生態環境，你不覺得小貓被野放很可憐嗎？」看來貓絕對擁有左右人類情感的莫大影響力。

於是，粉吉就這樣和我一起住在宿舍，這是我幫牠取的名字。為了牠，我甚至考慮買間允許飼養寵物的公寓，看來我離結婚這檔事還很遙遠。

第三代掌門人的決心

（1）提升效率與它的功過

光一郎為了提昇獲利率，除了取消員工旅遊、員工家庭日等「不必要」的活動之外，還致力於推行公司內部文件資料的數位化。

存放於資料庫的過往文件資料，像是社史、公司內部報刊、公司內部規章、會議紀錄、照片，乃至於各種申請書等，均予以數位化並銷毀紙本。

此外，數位化後的公司內部文件資料被設定為特定人士（管理部門的統籌負責人及總務部部長）才有權進行印刷、編輯、刪除；然而，這麼做的同時，也會有特定人士可以輕易隱匿、捏造、刪除內容等風險。

事實證明，敝社確定與東洋製粉股份有限公司進行合併後不久，便發現社內規章中有一條關於調職的細項規定被刪除；雖然不清楚是何人所為，但若是蓄意行為，此舉也很容易影響公司對外的信譽。

為了維護員工權利，當務之急就是查明真相。

（2）與東洋製粉股份有限公司進行合併

拓展海外通路、開創新事業、改善並提昇產能效率等，由於員工們的努力與對工作的熱情，敝社的業績連續三季均有成長。

但於此同時，光一郎認為「終究還是避免不了業界重組的浪潮」。

就在這時候，東洋製粉股份有限公司向小野常務探詢併購一事。畢竟併購等同於將大半輩子和錦上製粉一起打拼、形同家人的員工們賣給別家公司，此事讓身為創辦人錦上家的第三代傳人光一郎背負著罪惡感，遲疑了三個月才予以回應。

「貴社員工的技術深獲業界好評，我絕對不會讓他們對將來感到茫然。」當光一郎與東洋製粉股份有限公司的社長楠見文隆見面時，聽到對方的這番承諾，總算做出決定。

光一郎在臨時高層幹部會議上宣布了他的決定。儘管不滿自己被蒙在鼓裡的水澤專務十分惱火，責備光一郎根本是想逃避責任，卻也無法改變這個決定。

關於這場會議的會議紀錄，小野常務指示「刪除反對者的發言」，亦即竄改會議紀錄。然而，負責會議紀錄的人卻誤將未修改過的紀錄內容寄給全體員工。

（3）第三任社長的最後感言

之後舉行正式的高層幹部會議，也召開了股東大會，確定合併一事。

光一郎在將這個決定告知全體員工之前，看見一篇由某位年輕員工匿名在網路上發表的文章，體悟到自己所做的這項決定帶給了員工多大的衝擊。

他代替常務，針對「竄改會議紀錄一事」向全體員工道歉，並表示一切都是自己造成的。「膽小如我，只能做出這樣的決定」光一郎以這番話坦白道出他退出公司經營的決心。

以下是光一郎以錦上製粉股份有限公司社長的身分，發表的最後感言。

「公司今後恐怕會有各種改變吧。但也有不變的東西，那就是人要是不吃東西就無法活下去，要是沒有把肚子餵飽就無法笑、無法哭，也無法工作。今後我也會以各位的工作、以錦上製粉為榮。」

於是，錦上製粉以「錦上製粉」這個名字縱橫業界的時代就此落幕。

公司內部有些人認為，成為分公司之後便會任人擺布、不再需要耗費心思為公司著想，因而產生換工作的念頭。當然，也有員工早已決定了去路。

另一方面，不少元老級員工因為考量到家計問題，還是選擇留下來。此外，也有縱使換了新環境還是對工作不失熱情、力求進步的年輕員工。

敝社迎接了由東洋製粉股份有限公司派來的新社長檜原恭二先生，由此開啟新氣象。

然而，如同前社長錦上光一郎所言，無論是哪個時代，人要是不吃東西就無法活下去。

以自己的工作為榮、相互尊重、構築信賴關係，即便百年後、二百年後，還是會持續以營養滿足人們的心靈與身體。

這就是敝社的使命，也是永遠不變的使命。

帶給心靈與身體營養。以此為志，錦上製粉的機器明天還是會不停地運轉。

後記

這本社史出刊時，身為編寫者的我已經辭職。

恕我坦言，本篇社史是我個人擅自決定書寫的。

之所以非這麼做不可，是因為感受到自己有這樣的使命，必須記錄第三任社長從就任到決定被併購這兩年來究竟發生過什麼事。

感謝能夠理解我的一意孤行，並願意為這篇社史書寫感言的前社長錦上光一郎先生。謝謝他願意雇用我。

也想藉此感謝各位同事，謝謝你們願意接納唯一長處就是看書、寫文章的我。

我明白不能以此作為藉口，但由於執筆時間不到兩週、只能參考現有的公司內部文件資料，我想應該還有很多我沒能顧及的軼事，也無法附上詳盡的插圖、年表、業績圖表等資料。

我想，如果有人提供新資料的話，隨時都能增補添綴，總有一天一定能夠發行「完整版」的社史。如果可以的話，請再給我書寫錦上製粉歷史的機會。我想寫，無論如何都想寫。

總之，能夠順利付梓成冊，著實令我喜出望外。

二〇一六年七月三十一日

菅屋大和

・本作品為虛構故事。
與實際人物、團體等無關。
・本書是根據連載於《小說推理》二〇一七年十月號
至二〇一八年二月號的同名作品加以修改完成。

[作者]

朱野歸子

1979年出生。2009年以《木天蓼潔子的貓魂》（暫譯）榮獲第四屆達文西文學賞大賞。除了《我要準時下班》、《降入海中》（暫譯）被翻拍成連續劇之外，另著有《真壁家的繼承》、《販售賢者之石》、《對岸的家事》（以上皆為暫譯）等作品。

[譯者]

楊明綺

東吳大學日文系畢業，曾赴日本上智大學新聞學研究所進修。

譯作有《蜜蜂與遠雷》、《節慶與預感》、《我要準時下班》、《14歲，明日的課表》、《初戀》、《接受不完美的勇氣：阿德勒100句人生革命》、《超譯尼采》、《這幅畫，原來要看這裡》等。

逆風寫手

改寫公司的每一天

2020 年 8 月 1 日初版第一刷發行

作　　者　朱野歸子
譯　　者　楊明綺
編　　輯　陳映潔
發 行 人　南部裕
發 行 所　台灣東販股份有限公司
＜地址＞台北市南京東路 4 段 130 號 2F-1
＜電話＞（02）2577-8878
＜傳真＞（02）2577-8896
＜網址＞ http：//www.tohan.com.tw
郵撥帳號　1405049-4
法律顧問　蕭雄淋律師
總 經 銷　聯合發行股份有限公司
＜電話＞（02）2917-8022

國家圖書館出版品預行編目資料

逆風寫手：改寫公司的每一天／朱野歸子著；楊明綺譯. -- 初版. -- 臺北市：臺灣東販, 2020.08
260面；14.7×21公分
ISBN 978-986-511-425-1(平裝)

861.57　　109009410